ENRIQUE
FERNANDEZ
Les Contes de l'ère du Cobra
1. LES AMANTS
Glénat

Pour mes chers amis Antonio & Tania, Dela, Javi & Carol, Marc & Ara, Ramon & Mabel, Sam & Karla, Sergio & Sonia.

BAM!
BOUM!
BAM!
BROUM!
BRAM!
BIENVENUE DANS MON MODESTE THÉÂTRE.
AUJOURD'HUI, EN CE CINQUIÈME ANNIVERSAIRE DE LA NUIT DES FEUX, PERMETTEZ QUE JE CARESSE VOS ÂMES AVEC MON HISTOIRE, UNE HISTOIRE TISSÉE DES FILS DE CENT AUTRES HISTOIRES...
... LAISSEZ-MOI VOUS ENVOÛTER AVEC CE RÉCIT. IL EST TRÈS FACILE À COMPRENDRE, IL NE DONNE PAS DE LEÇONS DE MORALE ET IL N'EXIGE DE SON PUBLIC AUCUN EFFORT PARTICULIER POUR ÊTRE APPRÉCIÉ.
ACCORDEZ-MOI LE PLAISIR DE VOUS DISTRAIRE, ET AVEC UN PEU DE CHANCE, DE FAIRE RÊVER CEUX D'ENTRE VOUS QUI JOUISSENT D'UNE VIVE IMAGINATION...

CETTE HISTOIRE MET EN SCÈNE BIEN DES PERSONNAGES, À COMMENCER PAR LA BELLE SIAN, UNE FLEUR NÉE DANS LE FUMIER.
SA FAMILLE, DE MODESTES NÉGOCIANTS, VOYAGEA DES GÉNÉRATIONS DURANT, CHERCHANT LES MEILLEURES MARCHANDISES POUR EN FAIRE COMMERCE DANS LEUR PAYS.
AU FIL DU TEMPS, L'ARBRE DE SES ANCÊTRES PRIT RACINE UN PEU PARTOUT, DANS TOUTES LES TERRES CONNUES, ET D'UN TEL BRASSAGE DE TERREAUX FINIT PAR ÉCLORE CETTE RAVISSANTE FLEUR EXOTIQUE.
MAIS, POUR LE MALHEUR DE SIAN, SA BEAUTÉ NE LUI VALUT POINT L'AMOUR REDOUBLÉ DE SES PARENTS, CAR ILS NE VIRENT EN ELLE QU'UNE EXCELLENTE AFFAIRE, DE CELLE DONT ON A TOUJOURS RÊVÉ DANS LA FAMILLE.
ILS VOULURENT FAIRE LEUR FORTUNE EN LA VENDANT À LA MAISON DES PRINCESSES. SOUVENIR DÉTESTABLE DE NOTRE PASSÉ, CE FOIRAIL DE JEUNES VIERGES ATTIRA PENDANT DES ANNÉES L'OR LE PLUS NAUSÉABOND QUE CE PAYS EÛT JAMAIS VU.
SES PARENTS SE PERSUADÈRENT QUE SIAN ÉTAIT SI BELLE QU'UN NOBLE OU MÊME UN PRINCE EN FERAIT L'ACQUISITION, ÉLEVANT D'AUTANT PLUS LE BÉNÉFICE DE SA VENTE.
MAIS CE QU'ILS N'AVAIENT PAS PRIS EN COMPTE, C'EST QUE LA DEMOISELLE AVAIT EN TÊTE UN TOUT AUTRE PROJET D'AVENIR...

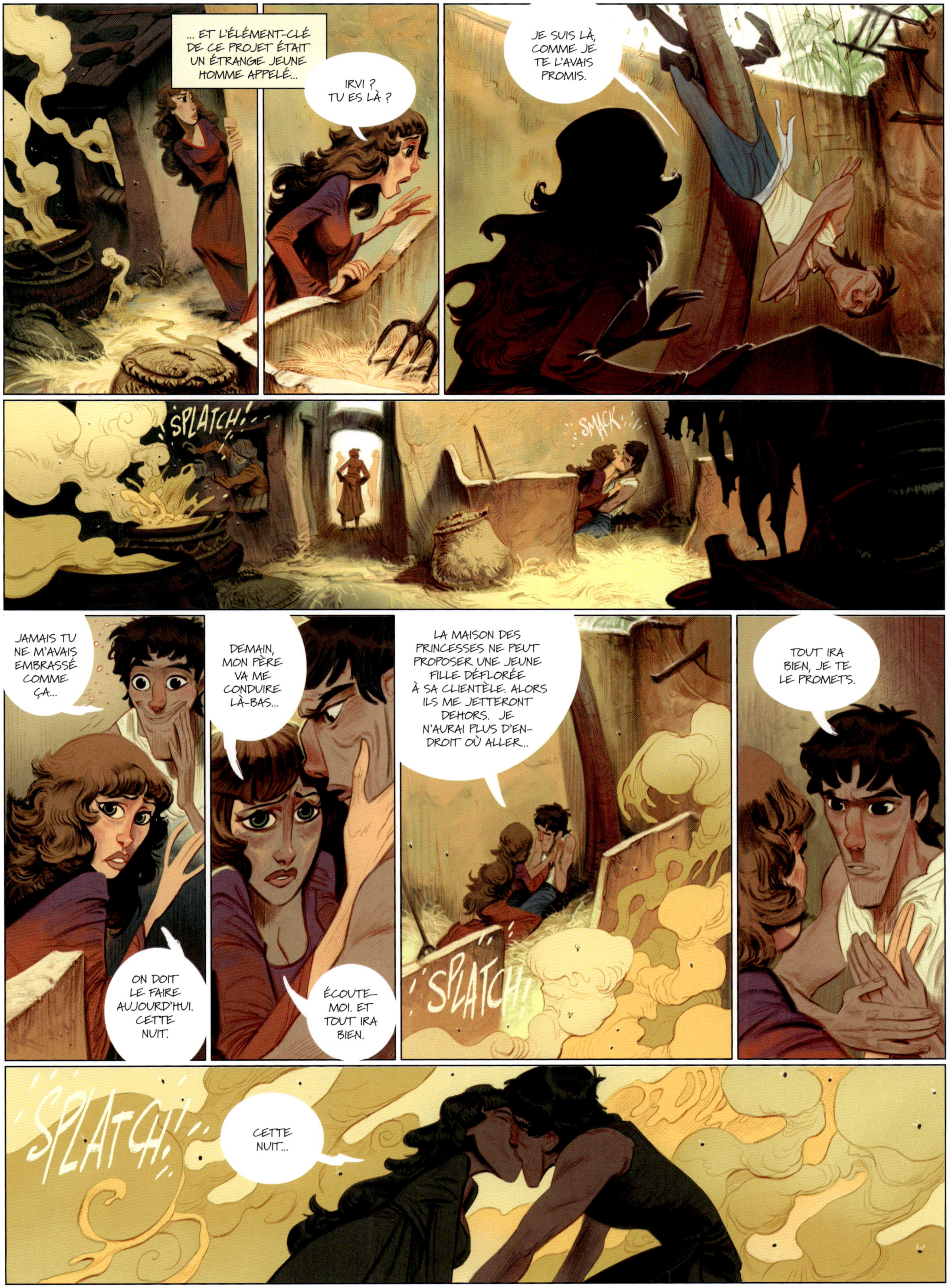
... ET L'ÉLÉMENT-CLÉ DE CE PROJET ÉTAIT UN ÉTRANGE JEUNE HOMME APPELÉ...
IRVI ? TU ES LÀ ?
JE SUIS LÀ, COMME JE TE L'AVAIS PROMIS.
SPLATCH!
SMACK
JAMAIS TU NE M'AVAIS EMBRASSÉ COMME ÇA...
ON DOIT LE FAIRE AUJOURD'HUI. CETTE NUIT.
DEMAIN, MON PÈRE VA ME CONDUIRE LÀ-BAS...
ÉCOUTE-MOI. ET TOUT IRA BIEN.
LA MAISON DES PRINCESSES NE PEUT PROPOSER UNE JEUNE FILLE DÉFLORÉE À SA CLIENTÈLE. ALORS ILS ME JETTERONT DEHORS. JE N'AURAI PLUS D'ENDROIT OÙ ALLER...
SPLATCH!
TOUT IRA BIEN, JE TE LE PROMETS.
SPLATCH!
CETTE NUIT...

UN ÊTRE BIEN SINGULIER, CE JEUNE IRVI.
CERTAINS LE SURNOMMAIENT « LE SINGE », EN RAISON DE SON TALENT INNÉ D'ACROBATE QUI LUI PERMETTAIT, À CE QU'ON RACONTE, DE TRAVERSER LA VILLE SANS JAMAIS POSER PIED À TERRE...
... POUR ENSUITE SE FONDRE ENTRE LES OMBRES SANS LAISSER DE TRACES.
ON DIT AUSSI QUE LES PLUS CÉLÈBRES CAMBRIOLEURS DU MONDE LUI PROPOSÈRENT DE LE RENDRE IMMENSÉMENT RICHE S'IL METTAIT CE DON EXTRAORDINAIRE À LEUR SERVICE.
MAIS IL S'Y REFUSA TOUJOURS, CAR LA SEULE RICHESSE QU'IL VOULAIT ÉTAIT CELLE QUI DONNAIT CES PUISSANTES AILES À SON NOBLE CŒUR....

CE SOIR-LÀ, LEURS DEUX CŒURS VIBRAIENT, FÉBRILES, ANTICIPANT LES PLAISIRS D'UNE NUIT MAGIQUE. UNE NUIT DE SENTIMENTS PURS, DE DÉCOUVERTES EXCITANTES, DE GESTES TENDRES ET MALADROITS...
TOUT IRA BIEN, SE RÉPÉTAIENT-ILS SANS CESSE...
... ET AINSI EN AURAIT-IL ÉTÉ SANS CE COUP DU SORT, CETTE MAUVAISE FARCE DU DESTIN.
FSSH
FLOSH!
FSSSH...!!
LE DÉSESPOIR ET L'ANGOISSE FONT TANT DE MAL QUAND ILS S'ABATTENT POUR LA PREMIÈRE FOIS SUR DE SI JEUNES ÂMES ! OÙ TROUVER LA FORCE DE SE CONSOLER QUAND UNE TELLE DOULEUR VOUS SUBMERGE ?

VOICI LA MAISON DES PRINCESSES, OÙ NOBLES ET PRINCES VENAIENT ACHETER LES PLUS PRÉCIEUX JOYAUX, DÉLAISSÉS PAR DES PÈRES TROP MISÉRABLES POUR ASSURER LEUR SUBSISTANCE.
ET, COMME DANS UN ÉCRIN, ON LES TROUVAIT RANGÉES DANS DIFFÉRENTES PIÈCES SELON LEUR VALEUR ET LEUR VERTU.
L'INNOCENCE, VERTU QUE LES ACHETEURS PRISAIENT LE PLUS ET AVAIENT TANT DE PLAISIR À DÉVOYER, ÉTAIT DÉFENDUE PAR CENT REDOUTABLES GARDIENS.
ET C'EST DE MILLE ÉTINCELLES QUE LES LARMES DES PRISONNIÈRES APPARAISSAIENT DANS LA LUMIÈRE DU COUCHANT...
CAR - CELA N'ÉTONNERA PERSONNE - LES PRÉCIEUX JOYAUX ESSAYAIENT DE PERDRE UN PEU DE LEUR ÉCLAT AVANT LEUR ENTRÉE DANS LA MAISON. BIEN RARES SONT LES RÉCITS QUI TÉMOIGNENT DE LA BIENVEILLANCE OU DE LA GRANDEUR D'ÂME D'UN PRINCE EN CES TEMPS-LÀ...
... EN REVANCHE, LES CHANSONS POPULAIRES ÉVOQUAIENT ABONDAMMENT LA VIE DE CES MALHEUREUSES, SI PLEINE D'HUMILIATION, DE HONTE ET DE SOUFFRANCE.
CETTE NUIT, JE TE LE PROMETS...

À LA FAVEUR DE LA NUIT, IRVI TROMPA LA VIGILANCE DES GARDES ET SE MIT À ESCALADER PRESTEMENT LA FAÇADE POUR ALLER RETROUVER SA BIEN-AIMÉE.
MOOOAAH...
CE QUI N'AURAIT PAS PRÉSENTÉ DE DIFFICULTÉ MAJEURE, S'IL N'Y AVAIT EU...
?
SSSH...
NE DIS PAS UN MOT, ET FAIS... TOUT CE QUE NOUS TE DEMANDERONS.
SINON, NOUS ALERTERONS LES GARDES ET ILS TE TUERONT.
C'EST AINSI QUE LE MALHEUREUX IRVI SE VIT FORCÉ DE PARTAGER LA COUCHE DE CHACUNE DES FEMMES DU PREMIER ÉTAGE - CES FEMMES QUI Y SÉJOURNAIENT DEPUIS LONGTEMPS ET AVAIENT PERDU, D'UNE MANIÈRE OU D'UNE AUTRE, UNE PARCELLE DE LEUR VERTU.
À L'APPROCHE DE L'AUBE, À BOUT DE FORCES, IRVI ABANDONNAIT LA MAISON ET RENONÇAIT À ALLER REJOINDRE SIAN. RONGÉ PAR LE REMORDS, IL NE PUT MÊME LUI ADRESSER UN REGARD POUR LUI DEMANDER PARDON.

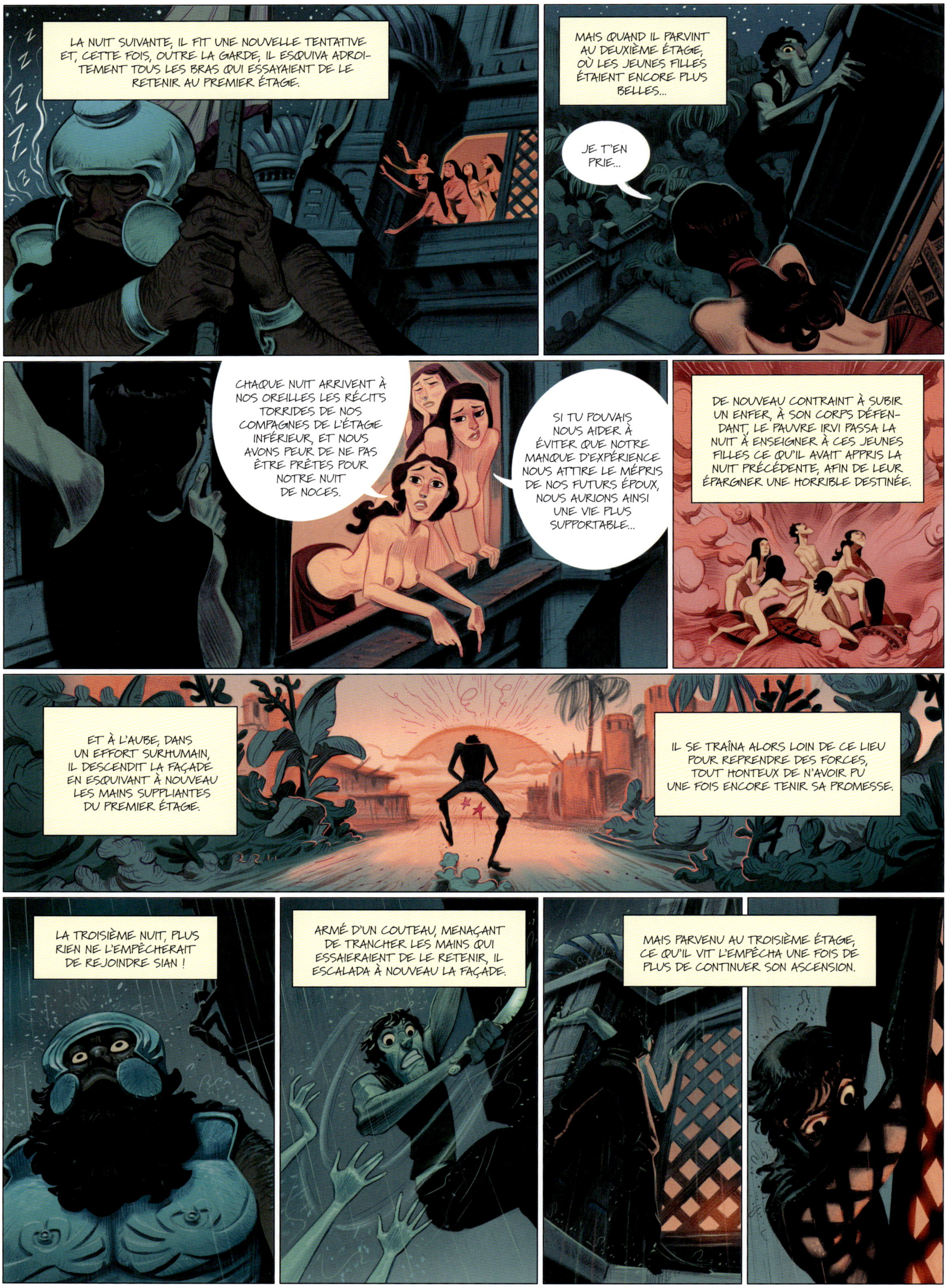

LA NUIT SUIVANTE, IL FIT UNE NOUVELLE TENTATIVE ET, CETTE FOIS, OUTRE LA GARDE, IL ESQUIVA ADROITEMENT TOUS LES BRAS QUI ESSAYAIENT DE LE RETENIR AU PREMIER ÉTAGE.
MAIS QUAND IL PARVINT AU DEUXIÈME ÉTAGE, OÙ LES JEUNES FILLES ÉTAIENT ENCORE PLUS BELLES...
JE T'EN PRIE...
CHAQUE NUIT ARRIVENT À NOS OREILLES LES RÉCITS TORRIDES DE NOS COMPAGNES DE L'ÉTAGE INFÉRIEUR, ET NOUS AVONS PEUR DE NE PAS ÊTRE PRÊTES POUR NOTRE NUIT DE NOCES.
SI TU POUVAIS NOUS AIDER À ÉVITER QUE NOTRE MANQUE D'EXPÉRIENCE NOUS ATTIRE LE MÉPRIS DE NOS FUTURS ÉPOUX, NOUS AURIONS AINSI UNE VIE PLUS SUPPORTABLE...
DE NOUVEAU CONTRAINT À SUBIR UN ENFER, À SON CORPS DÉFENDANT, LE PAUVRE IRVI PASSA LA NUIT À ENSEIGNER À CES JEUNES FILLES CE QU'IL AVAIT APPRIS LA NUIT PRÉCÉDENTE, AFIN DE LEUR ÉPARGNER UNE HORRIBLE DESTINÉE.
ET À L'AUBE, DANS UN EFFORT SURHUMAIN, IL DESCENDIT LA FAÇADE EN ESQUIVANT À NOUVEAU LES MAINS SUPPLIANTES DU PREMIER ÉTAGE.
IL SE TRAÎNA ALORS LOIN DE CE LIEU POUR REPRENDRE DES FORCES, TOUT HONTEUX DE N'AVOIR PU UNE FOIS ENCORE TENIR SA PROMESSE.
LA TROISIÈME NUIT, PLUS RIEN NE L'EMPÊCHERAIT DE REJOINDRE SIAN !
ARMÉ D'UN COUTEAU, MENAÇANT DE TRANCHER LES MAINS QUI ESSAIERAIENT DE LE RETENIR, IL ESCALADA À NOUVEAU LA FAÇADE.
MAIS PARVENU AU TROISIÈME ÉTAGE, CE QU'IL VIT L'EMPÊCHA UNE FOIS DE PLUS DE CONTINUER SON ASCENSION.

DE L'INTÉRIEUR DE CETTE CHAMBRE NE SORTAIENT NI BRAS IMPLORANTS, NI APPELS À LA COMPASSION MAIS, BIEN PIRE, LES REGARDS SUPPLIANTS ET DÉSESPÉRÉS DE CES JEUNES FILLES, ENCORE PLUS BELLES ET INNOCENTES QUE LES PRÉCÉDENTES, QUI SAVAIENT QU'ELLES ALLAIENT BIENTÔT ÊTRE VENDUES À DE REDOUTABLES INDIVIDUS.
NE MÉRITAIENT-ELLES PAS, ELLES AUSSI, D'ÊTRE AIMÉES AVEC DOUCEUR, NE SERAIT-CE QUE POUR LA PREMIÈRE ET UNIQUE FOIS DE LEUR VIE ?
C'EST DONC AINSI QU'IRVI PASSA UNE BONNE PARTIE DE LA TROISIÈME NUIT, DONNANT UNE GRANDE LEÇON DE GÉNÉROSITÉ DÉSINTÉRESSÉE.
PEU D'HOMMES, EN VÉRITÉ, SERAIENT CAPABLES D'UN TEL SACRIFICE !
ET À L'APPROCHE DE L'AUBE, LE CORPS ÉPUISÉ PAR CETTE DÉMONSTRATION D'ALTRUISME, IL GRIMPA JUSQU'AU DERNIER ÉTAGE POUR Y RETROUVER SIAN, SA BIEN-AIMÉE. COMBIEN LEUR RENCONTRE SERAIT DIFFÉRENTE, À PRÉSENT !
LE JEUNE GARÇON NERVEUX ET HÉSITANT APPARTENAIT AU PASSÉ. C'EST UN HOMME D'EXPÉRIENCE QUI L'AMÈNERAIT À L'EXTASE !
ELLE ÉTAIT LÀ, AUSSI BELLE QUE JAMAIS. DES LARMES DE JOIE JAILLISSAIENT DE SES YEUX À LA MANIÈRE D'UN TORRENT.
LES GARDES ÉTAIENT LÀ, EUX AUSSI, GUETTANT L'OCCASION D'ATTRAPER UN TEL PHÉNOMÈNE, CAPABLE DE GÂTER TOUTE LA MARCHANDISE DE LA MAISON EN À PEINE TROIS NUITS.
TOI, L'ÉTALON, ON VA TE TRANCHER LES DEUX TÊTES, ET ON VA LES SUSPENDRE AU MUR. !

SI L'ÉLOQUENCE DU GARDE N'AVAIT SUFFI À SIGNIFIER SA DÉFAITE À IRVI, SIAN LUI RÉSERVAIT UN CHÂTIMENT PLUS CRUEL ENCORE.
« CETTE NUIT », IRVI ? LA TROISIÈME NUIT SE TERMINE !
TROIS NUITS PASSÉES À T'ENTENDRE LEUR DONNER, À TOUTES, CE QUE TU M'AVAIS PROMIS À MOI... TU AS EMPLI MON CŒUR DE DOULEUR ET TU N'ES PAS DIGNE DE LE POSSÉDER.
AUX PREMIERS RAYONS DU SOLEIL, JE ME RENDRAI À MON NOUVEAU FOYER POUR OFFRIR MON CŒUR AU PRINCE QUI LE COUVRIRA D'OR. AINSI AUCUN HOMME NE POURRA LE BRISER À NOUVEAU.
« TU TE MÉPRENDS ! JE T'AIME ! » CRIA IRVI, DÉSESPÉRÉ, ESSAYANT DE SE DISCULPER. MAIS IL ÉTAIT TROP TARD.
ET LES CHOSES AURAIENT PRIS UN TOUT AUTRE COURS SI CES ULTIMES PAROLES CHARGÉES DE DOULEUR N'AVAIENT ÉTÉ PRONONCÉES :
JE T'AIMERAI TOUJOURS, SIAN !
JE NE CROIS PAS QU'IL POURRA EN ÊTRE ENCORE DE MÊME POUR MOI. ADIEU, IRVI.
EN ENTENDANT CET ADIEU, QUELQUE CHOSE SE BRISA À TOUT JAMAIS DANS L'ÂME DU JEUNE HOMME. SES CRIS RETENTIRENT À TRAVERS LA MAISON, RÉCLAMANT LE NOM DU PRINCE AUQUEL ALLAIT ÊTRE LIVRÉE SA BIEN-AIMÉE.
ET TANDIS QU'ON L'ENTRAÎNAIT DANS LA COUR POUR L'EXÉCUTER, IL PROFÉRA UN SERMENT PLEIN DE FUREUR.
J'EN FINIRAI AVEC TOUS LES PRINCES DU MONDE !!!!! J'OUVRIRAI LEURS ENTRAILLES ET JE LEUR DÉVORERAI LE CŒUR !
OR CE SERMENT ATTIRA FORTEMENT L'ATTENTION D'UN SOMBRE PERSONNAGE QUI VISITAIT LA MAISON AU MÊME MOMENT.
?

IL S'AGISSAIT D'UN ÊTRE DANGEREUX, QUI SE FAISAIT APPELER « LE TAUREAU ». SON VISAGE PARAISSAIT SURGIR D'UNE SOMBRE JUNGLE DE CHEVEUX, ET SES YEUX TRAHISSAIENT UNE SOIF DE POUVOIR SANS LIMITES.
QUELQUES ANNÉES AUPARAVANT, ON LE CONNAISSAIT COMME « LE LION », UN GUERRIER FÉROCE ET CRUEL QUE L'ARMÉE AVAIT DÛ CHASSER DE SES RANGS POUR SES EXACTIONS.
AVEC POUR SEULE RESSOURCE LA FORCE DE SES BRAS, IL PARVINT EN PEU DE TEMPS À AMASSER UNE FORTUNE CONSIDÉRABLE DANS LES SALLES DE COMBAT GLAUQUES DES SEPT ROYAUMES, OÙ TOUS L'APPELAIENT « LE GORILLE ».
CET OR SOUILLÉ DE SANG LUI PERMIT DE S'OFFRIR TOUS LES LUXES, MAIS PAS D'ACCÉDER À LA NOBLESSE À LAQUELLE IL ASPIRAIT. LA HAUTE SOCIÉTÉ RAFFINÉE LE MÉPRISAIT À CAUSE DE L'ORIGINE BRUTALE DE SA FORTUNE, ET CONTINUAIT À LUI FERMER LES PORTES DES SPHÈRES DU POUVOIR.
VLAM !!
LES BELLES FEMMES DE NOBLE LIGNÉE QU'IL DÉSIRAIT TANT LE FUYAIENT, ÉPOUVANTÉES PAR SON APPARENCE DE SAUVAGE, QUE MÊME LES ÉTOFFES LES PLUS FINES NE POUVAIENT DISSIMULER.
ET COMME IL NE FAISAIT PARTIE D'AUCUNE FAMILLE ARISTOCRATIQUE, LA MAISON DES PRINCESSES SE REFUSAIT À LUI VENDRE LE MOINDRE DE SES JOYAUX.
C'EST AINSI QUE LE VOEU D'IRVI, À CET INSTANT PRÉCIS, S'IMPOSA AU LION, AU GORILLE ET AU TAUREAU, QUI JAMAIS N'AVAIENT CONÇU QUELQUE CHOSE QUI RESSEMBLÂT D'AUSSI PRÈS À UNE PENSÉE RATIONNELLE, ET ALLUMA UN DANGEREUX BRASIER AU FOND DE L'ANTRE OÙ HABITAIENT CES BÊTES.

DÉCHAÎNANT TOUTE SA FUREUR, LE TAUREAU LIBÉRA LE JEUNE HOMME DE SON CHÂTIMENT, PUIS ILS S'ENFUIRENT DE LA MAISON.
WOSH!
WOSH!
WOSH!
WOSH!
IRVI REMERCIA SON BIENFAITEUR DE LUI AVOIR SAUVÉ LA VIE ET SE MIT À SON SERVICE, SANS DEVINER À QUEL GENRE DE MAÎTRE IL VENAIT DE SE LIER.
SPLOTCH!
SPLOTCH
SPLOTCH!
LE TAUREAU, LUI, SAVAIT PARFAITEMENT QUI ÉTAIT IRVI, ET SE RÉJOUISSAIT D'AVOIR DÉCOUVERT LE POINT SENSIBLE GRÂCE AUQUEL IL ALLAIT POUVOIR CONTRÔLER LE TALENT DU JEUNE HOMME.
ENSEMBLE, NOUS ÉLIMINERONS TOUS LES PRINCES JUSQU'À CE QUE NOUS TROUVIONS CELUI QUI A VOLÉ LE CŒUR DE TA BIEN-AIMÉE !
CETTE IMMENSE FORTUNE QUI N'AVAIT PERMIS AU TAUREAU NI D'ACCÉDER À UN NOBLE RANG, NI DE PRENDRE FEMME, LUI SERVIT DONC À CONSTITUER UNE ARMÉE, CERTES PETITE, MAIS EFFICACE, AVEC LAQUELLE IL AFFRONTERAIT ROIS ET PRINCES.

BIENTÔT, TOUTES LES BATAILLES S'ACHEVÈRENT EN VICTOIRES, ET LES ROIS TREMBLAIENT SUR LEURS TRÔNES À LA SEULE ÉVOCATION DU DÉMON NOIR.
CAR C'ÉTAIT EN UN VÉRITABLE DÉMON QUE LE TAUREAU AVAIT HABILEMENT TRANSFORMÉ IRVI, EN ATTISANT LA FLAMME DE SA HAINE.
UN SPECTRE QUI PLANAIT AU-DESSUS DES TROUPES ENNEMIES, FRÔLANT À PEINE LES POINTES DE LEURS LANCES POUR TRAVERSER LEURS RANGS EN QUELQUES SECONDES.
IL FONDAIT ALORS SUR SES VICTIMES, PRINCE APRÈS PRINCE, POUR LEUR DÉVORER LE CŒUR, COMME IL SE L'ÉTAIT JURÉ.
WOSH!!
BONG!!
CRUNK!
WOOOOSH!

FWOM!!
SIAN
NOOON!!
CHOMP CHOMP
RIEN NE PARAISSAIT POUVOIR METTRE FIN À CE CAUCHEMAR. LE DÉMON TRIOMPHAIT SEUL DE TOUS LES COMBATS ET AVAIT DÉJÀ TERRASSÉ CINQ DES SEPT ROYAUMES.
GLOC
DANS LE SIXIÈME ROYAUME, LES MILITAIRES NE PARLAIENT QUE DE LUI, ET TOUTES LEURS STRATÉGIES PARAISSAIENT VAINES.
AINSI LE PRINCE SE VOYAIT-IL DÉJÀ CONDAMNÉ...
LA VEILLE DE LA BATAILLE, SON ÉPOUSE LUI REMIT UNE ÉTRANGE FIOLE DE VERRE.
SI JE DOIS PERDRE VOTRE CŒUR, QU'IL SERVE AU MOINS À DÉTRUIRE CELUI DE L'ÊTRE QUI ME LE DÉROBERA.

« VOUS BOIREZ CE POISON, MON BIEN-AIMÉ, QUAND L'IRE DU DÉMON NOIR SERA INÉVITABLE », LUI CONSEILLA-T-ELLE, ET LE PRINCE DUT Y RECOURIR PRESQUE SANS ATTENDRE.
GLOB... GLOB...
CHOMP CHOMP
URK... UUURK...
GROOOO
COUGH!! KOF! KOF! URRRK...
GRROO...
URRR...
KOF! KOF!
URR...
GROOOOO...
URRR... KOF! KOF!
LE POISON N'EUT CEPENDANT PAS L'EFFET DÉSIRÉ, PUISQU'IL NE DÉTRUISIT PAS IRVI. MAIS CE QU'IL ENGENDRA PÉTRIFIA JUSQU'À SES PROPRES SOLDATS.
IRVI ÉCLATA EN SANGLOTS.
Raaah...
IMPUISSANT À DÉTRUIRE LE CŒUR DE L'HOMME, LE POISON S'AVÉRA FATAL POUR CELUI DE LA BÊTE.
LES SOLDATS S'ÉCARTÈRENT DEVANT SA DÉMARCHE TITUBANTE, PRIS DE PEUR ET NE SACHANT QUELLE RÉACTION ADOPTER FACE AU COMPORTEMENT DE LEUR MAÎTRE.
KOF! KOF!
URRR...
« IL VOIT LES ÂMES DES MORTS ! » DISAIENT CERTAINS EN LE REGARDANT OBSERVER TOUT CE QUI L'ENTOURAIT AVEC UNE SINGULIÈRE EXPRESSION SUR LE VISAGE.
CETTE EXPLICATION AURAIT SANS DOUTE ÉTÉ MIEUX ACCUEILLIE PAR LE TAUREAU QUE CELLE QU'IRVI LUI DONNA.

J'AI ÉTÉ UN MONSTRE. J'AI JUGÉ TOUS LES HOMMES À LA MÊME AUNE, ET J'AI CHÂTIÉ DES INNOCENTS AU CŒUR PUR. JE ME SUIS SERVI DE MON CORPS POUR CRÉER UN ENFER, MAIS J'Y METS FIN EN CET INSTANT.
DORÉNAVANT, JE ME CONSACRERAI DE TOUTE MON ÂME À EXPIER CES ATROCITÉS, EN CÉLÉBRANT LA BEAUTÉ ET LA LUMIÈRE QUI NOUS ENTOURENT DE TOUTES PARTS.
LE TAUREAU ESSAYA DE FAIRE RESSURGIR LA BÊTE QU'IL AVAIT ENGENDRÉE... MAIS IL N'Y EUT NUL MOYEN D'ÔTER L'EXPRESSION QUI ORNAIT DÉSORMAIS LE VISAGE D'IRVI.
OÙ QU'IL POSÂT LES YEUX, IL PARAISSAIT VOIR DES ÊTRES MERVEILLEUX, ET LEUR VUE SEMBLAIT LE COMBLER DE SATISFACTION.
ÉTAIT-CE LÀ UN NOUVEAU DON ? VOIR AU-DELÀ DE CE QUE VOYAIENT LE RESTE DES MORTELS ? COMMENT LE SAVOIR SANS REGARDER À TRAVERS SES YEUX ? LÀ RÉSIDAIT L'INFINIE JALOUSIE QUI RONGEAIT LE TAUREAU, TANT ÉTAIT GRANDE SA SOIF DE POUVOIR, QUEL QU'IL FÛT.
JUSQU'AU JOUR OÙ LES PRODUITS QUE VENDAIT UN ÉTRANGE COMMERÇANT DU BAZAR LUI DONNÈRENT UNE IDÉE MACABRE, QU'IL BAPTISA D'UN NOM PLUS TERRIBLE ENCORE.
VOUS VOULEZ DONC QUE J'EXPRIME LE « FLUIDE » D'UN HOMME ?
CELUI DE CET HOMME-LÀ, POUR ÊTRE PRÉCIS. QUE SON ESSENCE SOIT RÉDUITE À UN LIQUIDE, ET QU'EN ABSORBANT CE LIQUIDE ELLE M'APPARTIENNE.
C'EST AINSI QUE BARASI, L'HUMBLE NÉGOCIANT EN LIQUEURS ET FERMENTS, SE RETROUVA PRISONNIER À VIE DANS LE PALAIS DU TYRAN, RECLUS DANS LE MEILLEUR LABORATOIRE DONT IL PÛT RÊVER, AU SERVICE D'UN HOMME AMBITIEUX, IGNORANT ET COMPLÈTEMENT NARCISSIQUE...
... CONTRAINT À INVENTER UN PROCESSUS TOTALEMENT INHUMAIN DE TRANSFORMATION DE LA MATIÈRE. ÉTAIT-CE RÉALISABLE ? POUVAIT-ON CAPTURER LES VERTUS D'UNE PERSONNE POUR LES TRANSMETTRE À UNE AUTRE ?
ET SI LA CHOSE ÉTAIT MÊME CONCEVABLE, IL NE SAVAIT POUR AUTANT PAR OÙ COMMENCER...

QUOI QU'IL EN FÛT, IRVI NE SERAIT PAS LE PREMIER À SUBIR L'EXPÉRIENCE. PROFITANT D'UN MOMENT D'INATTENTION DES GARDIENS, IL S'ÉVADA DE LA PRISON ET DISPARUT SANS LAISSER DE TRACES.
CELA MIT EN FUREUR LE TAUREAU, QUI PENSAIT DISPOSER DE SES POUVOIRS POUR CONQUÉRIR LE DERNIER ROYAUME ENNEMI.
ET COMME IL NE POUVAIT RÉCUPÉRER LES TALENTS D'IRVI, IL FIT EMPRISONNER TOUS CEUX PARMI SES SUJETS QUI AVAIENT UNE COMPÉTENCE PARTICULIÈRE, POUR OPÉRER L'EXTRACTION DE LEUR « FLUIDE » ET AINSI S'APPROPRIER LES QUALITÉS DES UNS ET DES AUTRES.
BIEN VITE, LE LABORATOIRE DE BARASI DEVINT LA TERREUR DE L'EMPIRE. LES GENS APPRIRENT À NE PLUS JAMAIS SE DISTINGUER, POUR ÉVITER DE SE FAIRE EMPRISONNER PAR LA GARDE. LES RUES SE VIDÈRENT PEU À PEU DES DONS ET APTITUDES DE CHACUN... ET MÊME LA MUSIQUE OU LES SIFFLOTEMENTS DISPARURENT.
DANS LES VILLES, SEULE LA COULEUR DES MURS SE DÉTACHAIT DÉSORMAIS, CONTRASTANT AVEC LA GRISAILLE DU QUOTIDIEN DES CITOYENS.
PENDANT CE TEMPS, BARASI RESTAIT NUIT ET JOUR DANS SON LABORATOIRE, CHERCHANT DÉSESPÉRÉMENT LE MOYEN DE SATISFAIRE LE TAUREAU POUR GARDER LA VIE SAUVE...
... LA CRAINTE NOUÉE AU VENTRE DU SORT QUI L'ATTENDAIT SI LE TAUREAU VENAIT À DÉCOUVRIR QU'IL N'ÉTAIT QU'UN IMPOSTEUR !

TOUS LES JOURS, BARASI LUI PRÉSENTAIT UN NOUVEAU BREUVAGE, EN LUI VANTANT SI BIEN SES MERVEILLEUSES PROPRIÉTÉS QUE L'IGNORANT TAUREAU ÉTAIT CONVAINCU D'EN ÊTRE IMPRÉGNÉ DÈS LA PREMIÈRE GORGÉE.
MAIS IL S'AGISSAIT LÀ D'UN JEU DANGEREUX. TÔT OU TARD, LE TAUREAU DÉCOUVRIRAIT LA SUPERCHERIE.
S'ARMANT DE COURAGE, BARASI SE RÉSOLUT À L'EMPOISONNER...
GLOB... GLOB... GLOB...
BUOOOOORRRROP!!
...SANS Y PARVENIR.
IL FIT PLUSIEURS AUTRES TENTATIVES, ESSAYANT TOUS LES POISONS QU'IL CONNAISSAIT, MAIS IL ÉTAIT DÉJÀ TROP TARD. LE MÉLANGE DE TOUS LES BREUVAGES QU'IL AVAIT ADMINISTRÉS AU TAUREAU AVAIT CRÉÉ UNE VÉRITABLE BARRIÈRE D'ANTIDOTES À L'INTÉRIEUR DU CORPS DE CELUI-CI.
LA CHOSE APPARUT CLAIREMENT, ET POUR LA PLUS GRANDE JOIE DU TAUREAU, QUAND ON PRIT SUR LE FAIT UNE ESCLAVE QUI AVAIT À SON TOUR TENTÉ DE L'EMPOISONNER.
SE SACHANT IMMUNISÉ CONTRE LE POISON, IL DÉCIDA D'AGRANDIR LE BESTIAIRE DE SES NOMS, ET S'AUTOPROCLAMA...
... « L'EMPEREUR COBRA » !

SE CROYANT DOTÉ DE VÉRITABLES POUVOIRS, IL SE LANÇA À LA CONQUÊTE DU SEPTIÈME ROYAUME POUR RENVERSER LE DERNIER PRINCE QUI LUI RÉSISTAIT.
MAIS CELUI-CI AVAIT PROFITÉ DE LA TRÊVE POUR CONSTRUIRE UNE IMMENSE MURAILLE IMPOSSIBLE À DÉTRUIRE OU À ESCALADER.
!!!
!!
!!!
BASH! BASH! BASH! BASH!
SEUL LE DÉMON NOIR AURAIT PU VENIR À BOUT D'UN TEL OBSTACLE.
YAAARRG!!!
ET CETTE IDÉE TORTURAIT LE TAUREAU : IL FALLAIT QU'IL SE TRANSFORME À SON TOUR EN DÉMON NOIR.
POF... POF... POF...
DES ANNÉES DURANT, IL ENVOYA SA GARDE À TRAVERS TOUT L'EMPIRE, EN EXPLORER LES MOINDRES RECOINS. SANS DÉCELER AUCUNE PISTE D'IRVI.
LA TÂCHE ÉTAIT ARDUE, CAR PERSONNE NE CONNAISSAIT SON VRAI VISAGE... LE VISAGE D'UN JEUNE GARÇON AMOUREUX DE SIAN, DEVENU CELUI D'UN HOMME QUI CONSACRAIT SA VIE À LA CONTEMPLATION DE LA BEAUTÉ.
MAIS LE PASSÉ CONTINUAIT À PUNIR CRUELLEMENT IRVI, CAR LE POISON DE LA PRINCESSE DU SIXIÈME ROYAUME COULAIT TOUJOURS DANS SES VEINES... ET TOUTES SES AMANTES DE PASSAGE MOURAIENT DANS SES BRAS AU PREMIER BAISER.
SIAN... PARDONNE-MOI...
C'ÉTAIT LÀ SA PRIÈRE, LA SUPPLIQUE CONSTANTE PAR LAQUELLE IL ESPÉRAIT METTRE FIN À SA MALÉDICTION.

OR AUCUNE PRIÈRE NE POUVAIT PERCER LA MURAILLE DERRIÈRE LAQUELLE VIVAIT SIAN, ELLE AUSSI CONDAMNÉE.
DEPUIS SON MARIAGE DE CONVENANCE AVEC NUMBASA, ELLE AVAIT DÛ JOUER CHAQUE JOUR LE MÊME RÔLE : CELUI DE LA BELLE ET HEUREUSE ÉPOUSE DE L'HOMME LE PLUS IDOLÂTRÉ DU ROYAUME...
... TOUT EN TAISANT LES OBSCURS PENCHANTS DE CELUI-CI, QUI LUI AURAIENT VALU UNE SENTENCE DE MORT IMMÉDIATE.
SON UNION, BIEN QUE N'AYANT JAMAIS ÉTÉ CONSOMMÉE, OFFRAIT AUX YEUX DU PEUPLE UNE PARFAITE IMAGE DE LA ROYAUTÉ, EN TOUS POINTS CONFORME AUX LOIS SÉCULAIRES DU ROYAUME : NUMBASA ÉTAIT LOUÉ COMME UN HOMME COURAGEUX ET INTELLIGENT, ON S'ACCORDAIT À DIRE QUE JAMAIS IL N'Y AVAIT EU MEILLEUR MONARQUE...
TOUT REPOSAIT SUR LA FIGURE DU ROI, RÉDUISANT SIAN À N'ÊTRE QU'UNE JOLIE PEINTURE QUE L'ON EXPOSAIT AU PUBLIC.
PENDANT SON SÉJOUR À LA MAISON DES PRINCESSES, ELLE AVAIT BIEN COMPRIS QUE CELUI À QUI ELLE SERAIT VENDUE N'AURAIT QUE PEU D'INTÉRÊT POUR SON INTELLIGENCE, SON ÉDUCATION OU SA PERSONNALITÉ, ET ELLE ÉTAIT PRÊTE À L'ACCEPTER.
WAK!
WAK
WAK!
THUD!
EN REVANCHE, CE QU'ELLE N'AVAIT PAS PRÉVU, C'ÉTAIT DE SE VOIR REJETÉE ÉGALEMENT POUR SA BEAUTÉ, ET POUR LE SIMPLE FAIT D'ÊTRE UNE FEMME.

POUR CONTENIR SA PROFONDE FRUSTRATION, IL LUI FALLAIT RECOURIR À TOUTES SORTES DE DISTRACTIONS, PARMI LESQUELLES LES COURS D'ESCRIME IMPROVISÉS AVEC LES GARDES... ET, BIEN SÛR, LES AMANTS.
OU PLUTÔT CEUX QUI AVAIENT LE COURAGE OU L'INCONSCIENCE DE DEVENIR SES AMANTS CAR, DANS LE ROYAUME, IL ÉTAIT IMPÉRATIF DE SAUVER LES APPARENCES.
CHAQUE MATIN APPARAISSAIT AINSI, PORTÉ PAR LE FLEUVE, LE CADAVRE DU DERNIER GALANT QUI S'Y ÉTAIT RISQUÉ.
À L'INSTAR D'IRVI, PERSONNE N'AURAIT ALORS PU RECONNAÎTRE SIAN DANS LE VISAGE DE CETTE FEMME.
UNE FEMME QUI S'ÉTAIT ACCOUTUMÉE À ÊTRE LE DIAMANT PARMI LA BOUE ET LES PIERRES, À NE RESSENTIR QUE FROIDEUR ET INDIFFÉRENCE À LA MORT DE SES AMANTS, ET QUI BLINDAIT SES SENTIMENTS D'UNE CUIRASSE DE SOUVENIRS POUR PROTÉGER CE QU'ELLE GARDAIT TOUJOURS AU FOND DE SON CŒUR.
IRVI... CETTE NUIT... JE T'EN PRIE...
IRVI ET SIAN, DEUX ÂMES SÉPARÉES PAR LA DISTANCE, MAIS UNIES DANS LE TEMPS, SUBISSANT LA MÊME FACÉTIE DU DESTIN, TOUS DEUX CONDAMNÉS À FAIRE MOURIR LEURS PARTENAIRES DE LEURS SEULS BAISERS.

UNE BIEN TRISTE HISTOIRE !
EN TOUT CAS, ELLE NE CONVIENT GUÈRE EN CE JOUR DE LA FÊTE DES FEUX. ON AURAIT MIEUX FAIT D'ALLER VOIR LE SPECTACLE DANS LES RUES.
S'IL VOUS PLAÎT, NOBLES SEIGNEURS, PERMETTEZ QUE JE POURSUIVE MON RÉCIT...
CERTES, JUSQU'À PRÉSENT, MON HISTOIRE N'A FAIT NAÎTRE QUE TRISTES SENTIMENTS, COMME LA PLUPART DES HISTOIRES ÉVOQUANT LE DESTIN QUI S'IMPOSE À LA VOLONTÉ DES ÊTRES...
... MAIS SI VOUS ME FAITES LA BONTÉ DE M'ÉCOUTER JUSQU'À LA FIN, VOS ÂMES SE VERRONT INSPIRÉES PAR LES PROUESSES QU'ACCOMPLISSENT LES HOMMES QUAND ILS FORGENT LEUR PROPRE DESTINÉE !
OUI, ÇA C'EST MIEUX. PLUS D'ACTION ET MOINS DE POÉSIE !
ET PUIS CE SERAIT PLUS FACILE DE SUIVRE LE RÉCIT SI TU LE DÉBARRASSAIS DE CE TON SI TRAGIQUE ET SI GRANDILOQUENT.
ÇA FINIT PAR ÊTRE UN PEU INDIGESTE...
...
COF
COF
HUM
COF
COF
COUGH
COF
TRÈS BIEN, MESSIEURS. VOICI DONC UN PETIT CHANGEMENT...
BOMF!
OOOUOOH!!!
PETIT, CERTES...

... MAIS RAPIDE !
HAN HAN HAN HAN HAN
NE BOUGE PLUS, MAUDIT NAIN !
HAN HAN HAN
HAN-HAN-HAN-HAN...
ON LE TIENT, VITE !
BOMF !
?
OÙ EST-CE QU'IL EST PASSÉ ?
VITE, CHERCHE DANS CE TAS DE TERRE, IL NE PEUT PAS ÊTRE BIEN LOIN !
HA ! SI J'AVAIS SU QUE VOUS ÉTIEZ AUSSI BÊTES, JE N'AURAIS PAS GÂCHÉ AUTANT DE POUSSIÈRE D'ILLUSION...

BOF!
SWIIIIIING!!
TCHAC
POC
INTÉRESSANT ! DEPUIS QUELQUES JOURS, JE VOIS PARTOUT CE SYMBOLE TAMPONNÉ DANS TOUTES LES RUES DE LA VILLE, ET JE NE COMPRENDS PAS BIEN CE QU'IL SIGNIFIE...
TOUT CE QUE JE SAIS, C'EST QU'IL REND LES SOLDATS TRÈS NERVEUX.
TIENS, PUISQUE TU PARLES DES SOLDATS.... À CE QU'IL PARAÎT, UN AUTRE BIJOU PRÉCIEUX A ÉTÉ VOLÉ AUJOURD'HUI DANS LE PALAIS DU COBRA, ET CETTE FOIS-CI, DANS LA SALLE BLANCHE.
JE ME DEMANDE COMMENT LE CAMBRIOLEUR A PU ENTRER ET SORTIR DE CETTE FAMEUSE SALLE SANS OMBRES SANS ÊTRE VU.
HÉ HÉ... ON RACONTE AUSSI QUE COBRA A REÇU PLUSIEURS MESSAGES DE MENACE ANONYMES OÙ APPARAÎT CE SYMBOLE DESSINÉ.
QUELLE AUDACE ! JE N'AIMERAIS PAS ÊTRE À LA PLACE DE CE GARS QUAND ILS LUI METTRONT LA MAIN DESSUS.
HÉ HÉ HÉ... LES GENS COMPARENT L'AGILITÉ DE CE VOLEUR AVEC CELLE DU GARÇON QU'ON APPELAIT « LE SINGE »... IL A DISPARU IL Y A DES ANNÉES, ÉVITANT DE JUSTESSE D'ÊTRE TRANSFORMÉ EN « FLUIDE », CE « FLUIDE » TANT CONVOITÉ PAR LE COBRA.
he, he, he
he, he, he

EN SUIVANT LE COURS DU FLEUVE, DERRIÈRE LA HALLE AUX POISSONS, IL Y A UN CHEMIN TRANQUILLE AVEC UNE BELLE VUE SUR LA VILLE.
IDÉAL POUR UNE PROMENADE SOLITAIRE AU CRÉPUSCULE, J'IMAGINE.
OUI !!!
OUI ! C'EST BIEN LUI ! J'AI VRAIMENT DE LA CHANCE !
EUH... ET SI JE LE SUIVAIS ?
NAN...
VA SAVOIR OÙ IL EST PASSÉ MAINTENANT...

FSSSH...!!
CHINK!
GRRROOOMF!!
GRROOOMF!!
GRRROOOMF!!
BROOOOMMM!!!
OÙ PEUT-IL ÊTRE ?
« UNE BELLE VUE SUR LA VILLE »... JE ME DEMANDE OÙ IL A VU ÇA !
FLOOOSH
AAAH !!

AAAAAAAAAAAAAAOOOOOOOAAAAA...
BLONG
SKREEEE...
BOF
J'ESPÈRE QU'ELLE TE PLAÎT, LA VUE !
UN PEU DE VIN ?
BOOOORP
DÉSOLÉ DE T'AVOIR BALADÉ COMME ÇA, C'EST JUSTE POUR ÊTRE SÛR QUE PERSONNE NE TROUVE MES REFUGES.
NE T'EN FAIS PAS, J'ADORE VOMIR MON DÉJEUNER AVANT LE DÎNER.
INCROYABLE ! C'EST DONC ICI QUE TU ES RESTÉ CACHÉ PENDANT TOUTES CES ANNÉES ?
OH NON ! J'AI DES REFUGES PARTOUT, DANS TOUTE LA VILLE ET EN DEHORS. J'AI AUSSI VOYAGÉ À L'ÉTRANGER, POUR M'INSPIRER DE FORMES D'ART NOUVELLES.
LE MONDE EST REMPLI DE BEAUTÉ, ET CETTE BEAUTÉ MÉRITE D'ÊTRE REPRODUITE ET ADMIRÉE PAR LES HOMMES.
MA SEULE AMBITION, C'EST DE CRÉER L'ŒUVRE MAGISTRALE QUI RÉUNIRA TOUTE CETTE BEAUTÉ, ET QU'ELLE SOIT SI MERVEIL-LEUSE QUE TOUS CEUX QUI LA VERRONT ABANDONNERONT POUR TOUJOURS HAINE, MÉCHANCETÉ ET RANCŒUR.
ET JE SENS QUE JE SUIS PROCHE DU BUT. QU'EST-CE QUE TU EN PENSES ?
GRAT... GRAT...
POURQUOI ES-TU REVENU ?

POUR PLUSIEURS RAISONS... CELA DIT, JE NE SUIS JAMAIS RESTÉ ÉLOIGNÉ D'ICI TRÈS LONGTEMPS. CE PAYS EST LE SEUL LIEN QUI ME RESTE AVEC...
AVEC...
AH ! JE VOIS... IL Y A UNE FEMME, C'EST ÇA ?
OUI, UNE FEMME, MAIS ELLE N'EST PLUS LÀ.
JE NE VEUX PAS ME MÊLER DE CE QUI NE ME REGARDE PAS... POUR TOI ÇA NE DEVRAIT POURTANT PAS ÊTRE TRÈS DIFFICILE DE LA REJOINDRE, OÙ QU'ELLE SOIT, AVEC LE DON QUE TU AS.
JE N'OSE MÊME PAS ESSAYER. LA DERNIÈRE FOIS QUE JE SUIS PARTI À SA RECHERCHE, JE ME SUIS TRANSFORMÉ EN MONSTRE, ET J'AI CHANGÉ LE COURS DE L'HISTOIRE DE CE PAYS.
ET PUIS SI JE LA RETROUVAIS, JE NE SAURAIS COMMENT LUI DEMANDER PARDON, APRÈS TOUTES LES ATROCITÉS COMMISES EN SON NOM.
DEMANDER PARDON, C'EST UN GRAND POUVOIR... ET, UTILISÉ AVEC SINCÉRITÉ, IL PEUT EFFACER LE PASSÉ LE PLUS DOULOUREUX.
AVANT TOUT, IL FAUT QUE J'EN FINISSE AVEC BEAUCOUP DE CHOSES DE CE PASSÉ.
COBRA...
OUI, COBRA. LUI ET TOUT CE QU'IL REPRÉSENTE.

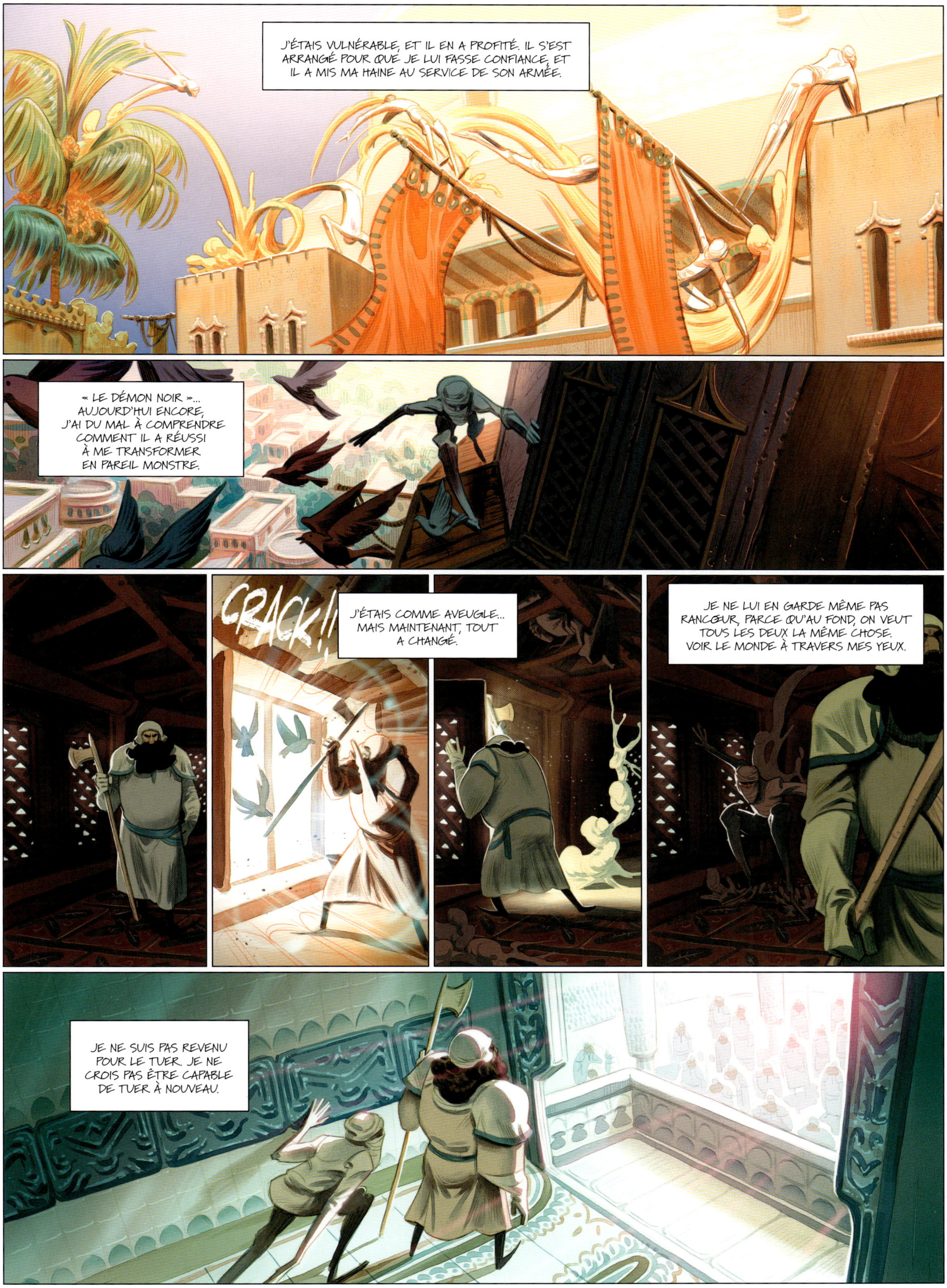
J'ÉTAIS VULNÉRABLE, ET IL EN A PROFITÉ. IL S'EST ARRANGÉ POUR QUE JE LUI FASSE CONFIANCE, ET IL A MIS MA HAINE AU SERVICE DE SON ARMÉE.
« LE DÉMON NOIR »... AUJOURD'HUI ENCORE, J'AI DU MAL À COMPRENDRE COMMENT IL A RÉUSSI À ME TRANSFORMER EN PAREIL MONSTRE.
CRACK!!
J'ÉTAIS COMME AVEUGLE... MAIS MAINTENANT, TOUT A CHANGÉ.
JE NE LUI EN GARDE MÊME PAS RANCŒUR, PARCE QU'AU FOND, ON VEUT TOUS LES DEUX LA MÊME CHOSE. VOIR LE MONDE À TRAVERS MES YEUX.
JE NE SUIS PAS REVENU POUR LE TUER. JE NE CROIS PAS ÊTRE CAPABLE DE TUER À NOUVEAU.

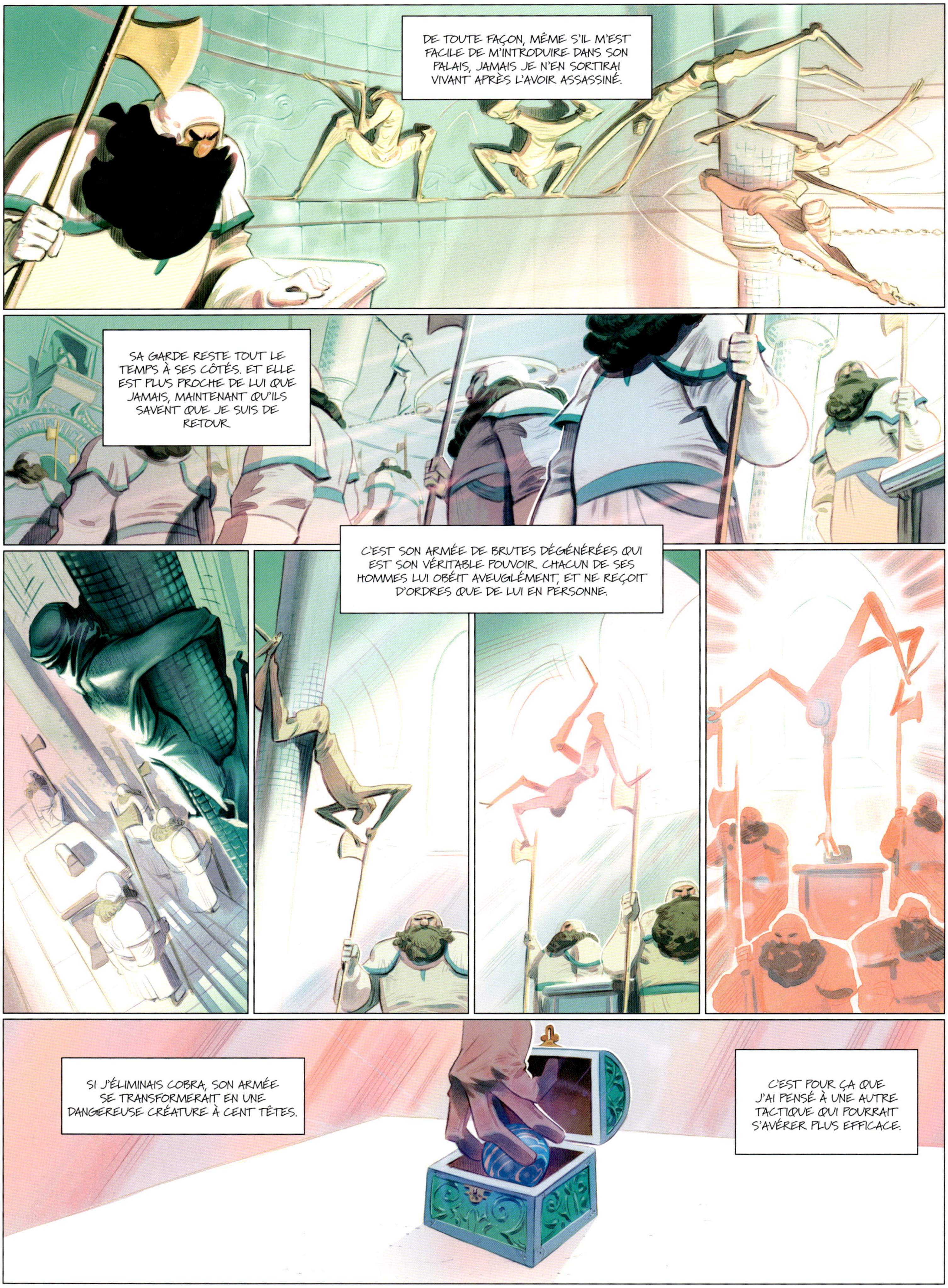
DE TOUTE FAÇON, MÊME S'IL M'EST FACILE DE M'INTRODUIRE DANS SON PALAIS, JAMAIS JE N'EN SORTIRAI VIVANT APRÈS L'AVOIR ASSASSINÉ.
SA GARDE RESTE TOUT LE TEMPS À SES CÔTÉS. ET ELLE EST PLUS PROCHE DE LUI QUE JAMAIS, MAINTENANT QU'ILS SAVENT QUE JE SUIS DE RETOUR.
C'EST SON ARMÉE DE BRUTES DÉGÉNÉRÉES QUI EST SON VÉRITABLE POUVOIR. CHACUN DE SES HOMMES LUI OBÉIT AVEUGLÉMENT, ET NE REÇOIT D'ORDRES QUE DE LUI EN PERSONNE.
SI J'ÉLIMINAIS COBRA, SON ARMÉE SE TRANSFORMERAIT EN UNE DANGEREUSE CRÉATURE À CENT TÊTES.
C'EST POUR ÇA QUE J'AI PENSÉ À UNE AUTRE TACTIQUE QUI POURRAIT S'AVÉRER PLUS EFFICACE.

SI SON ARMÉE REGARDE TOUJOURS DANS LA MÊME DIRECTION QUE LUI ET FAIT TOUT CE QU'IL LUI DEMANDE, IL SUFFIT D'AMENER COBRA À VOIR LES CHOSES DIFFÉREMMENT...
JE VEUX LE FAIRE RÉFLÉCHIR SUR SA CONDUITE AVEC UN EXEMPLE TIRÉ DE SON PASSÉ. LA MAISON DES PRINCESSES.
C'EST JUSTEMENT LUI QUI, APRÈS S'ÊTRE EMPARÉ DU POUVOIR DANS LA VILLE, A PERMIS D'EN FINIR AVEC CET ABOMINABLE ENDROIT.
ET MÊME SI LA MAISON ÉTAIT DÉJÀ EN FAILLITE À CAUSE DE L'ÉTAT DE LA MARCHANDISE, IL A EU LE BEAU GESTE D'ABOLIR CET HORRIBLE COMMERCE.
?
MALHEUREUSEMENT, IL N'A RIEN TIRÉ DE LA LEÇON QU'IL A DONNÉE. IL CONTINUE À VOULOIR TROUVER L'AMOUR EN SE SERVANT DE SON OR, ET IL PROPOSE DES DOTS ÉBLOUISSANTES AUX ROYAUMES ÉTRANGERS EN ÉCHANGE D'UNE ÉPOUSE.
C'EST UN ÊTRE TRISTE, QUI ASPIRE TOUJOURS À AIMER ET ÊTRE AIMÉ, MAIS NE SAIT PAS COMMENT S'Y PRENDRE. ET IL DONNERAIT TOUT L'OR DU MONDE POUR QU'ON L'ADMIRE SINCÈREMENT.
!!
FFFFROOOoooo...
S'IL N'ÉTAIT PAS LE COBRA, IL ÉVEILLERAIT TOUT DE SUITE LA COMPASSION ET LA TENDRESSE.

... FFFFRRROOOOOO ...!!
MAIS TOUS SES MÉRITES REPOSENT TOUJOURS SUR L'EFFORT ET LE SACRIFICE DES AUTRES.
JE VEUX LE FAIRE RÉAGIR, AFIN QU'IL SE RENDE COMPTE QUE SON LANGAGE DE POUVOIR ET DE RICHESSES NE LUI SERVIRA À RIEN POUR CONQUÉRIR UNE FEMME.
CLAP! CLAP!
CLUNC RRRRR
RRRR
C'EST POUR ÇA QUE JE LUI ENVOIE MES MEILLEURS POÈMES.
JE VEUX QU'IL VOIE LA LUEUR QU'ILS ALLUMENT DANS LES YEUX DES FEMMES, ET QU'IL COMPRENNE CE QUI LA PROVOQUE.
MAIS POUR LE MOMENT JE N'Y SUIS PAS VRAIMENT ARRIVÉ... IL A TOUJOURS LES YEUX AILLEURS QUAND CET INSTANT MAGIQUE A LIEU.

BREF, SI J'AI BIEN COMPRIS, TON IDÉE, C'EST D'AMENER CES MALHEUREUSES À TOMBER AMOUREUSES DE LUI EN LEUR FAISANT CROIRE QU'IL EST DIFFÉRENT DE CE QU'IL EST, COMME ÇA IL PERDRA SA DURETÉ, CONNAÎTRA LE VÉRITABLE AMOUR ET TRANSFORMERA SON MAUDIT EMPIRE EN UN IMMENSE PARTERRE DE FLEURS DONT S'OCCUPERA LA PLUS PUISSANTE ARMÉE DE JARDINIERS QU'ON AURA JAMAIS VU.
LE SARCASME EN MOINS, OUI, C'EST BIEN MON PLAN.
MAIS POUR LE METTRE EN ŒUVRE, TU ES PRIS DANS UNE CONTRADICTION : TU ENLÈVES À COBRA LA SEULE CHOSE QUI PEUT LUI ASSURER UN MARIAGE... MÊME SI C'EST UN MARIAGE FORCÉ.
TU AS DÛ PASSER UN SACRÉ BOUT DE TEMPS HORS DU PAYS POUR IGNORER QU'IL S'EST DÉJÀ MARIÉ DEUX FOIS DE CETTE MANIÈRE.
ET LES DEUX FOIS, ELLES ONT FINI PAR SE DONNER LA MORT.
OUI, JE SUIS RESTÉ LONGTEMPS À L'ÉTRANGER, MALHEUREUSEMENT...
TU SAIS QUI JE SUIS ET TU ES EN SÉCURITÉ DANS MON REFUGE. TU PEUX PARLER LIBREMENT.
J'AURAI UN PEU DE MAL, VU QUE J'EN AI PERDU L'HABITUDE.
JE M'APPELLE MALUUK, ET J'AI CONSACRÉ TOUTE MA VIE AU THÉÂTRE. MES PARENTS M'ONT VENDU À UN CIRQUE QUAND J'ÉTAIS GOSSE, À CAUSE DE MA PETITE TAILLE. LÀ, JE ME SUIS VITE FORMÉ AUX ARTS MAJEURS ET, AVEC LES ANNÉES, JE SUIS DEVENU UN ÉLÉMENT INDISPENSABLE DU SPECTACLE.
JE VOUDRAIS QUE TU COMPRENNES CE QUE SIGNIFIAIT POUR MOI MONTER SUR SCÈNE.
IL N'Y AVAIT PAS SEULEMENT CETTE SENSATION DE SE TROUVER AU-DESSUS DU PUBLIC, MAIS AUSSI LE FAIT DE POUVOIR OBSERVER LEURS VISAGES, DU HAUT DES GRANDS RÉCITS DE L'ANTIQUITÉ QUE J'INTERPRÉTAIS.
MES SPECTACLES ONT FAIT PLEURER LES ROIS ET RIRE LES MENDIANTS, UNE CONSÉCRATION À LAQUELLE JE N'AVAIS PAS MÊME OSÉ RÊVER.

MAIS UNE NUIT, APRÈS AVOIR JOUÉ AU PALAIS, DEVANT LE COBRA, MA VIE A PRIS UN BRUSQUE TOURNANT.
CLAP! CLAP! CLAP! CLAP! CLAP! CLAP! CLAP! CLAP! CLAP!
ET TOUT ÇA PARCE QUE J'AVAIS FAIT RIRE UNE FEMME.
PARCE QUE J'EN AVAIS ÉMU UNE AUTRE.
OBSÉDÉ PAR L'IDÉE DE S'APPROPRIER CE SOI-DISANT POUVOIR SUR LES FEMMES, IL M'A FAIT ENLEVER ET EMMENER AU LABORATOIRE DE BARASI.
DE MA VIE, MON PETIT CORPS N'A JAMAIS RESSENTI UNE TELLE TERREUR !
EN ARRIVANT AUX PORTES DE L'ENFER, MON ÂME S'EST ÉVANOUIE.
À MON RÉVEIL, J'AI DÉCOUVERT QUE MON TALENT M'AVAIT GAGNÉ DEUX ALLIÉES INESPÉRÉES, QUI M'ONT AIDÉ À FUIR LA VILLE.
UNE VILLE DANS LAQUELLE JE N'AVAIS NI L'INTENTION NI L'ENVIE DE REVENIR.

DES ANNÉES DURANT, J'AI BOURLINGUÉ À TRAVERS LE MONDE... PARFOIS EN SOLITAIRE, PARFOIS EN COMPAGNIE D'AUTRES ARTISTES, MAIS RIEN N'A PLUS JAMAIS ÉTÉ PAREIL.
DE PEUR QU'ON NE ME RETROUVE, J'AI TOUT CHANGÉ : MON NOM, MES SPECTACLES, MON JEU, ET MÊME MA MANIÈRE DE PARLER.
PENDANT TOUTES CES ANNÉES, JE N'AI FAIT QU'ENCHAÎNER LES FOURS. PEU IMPORTE CE QUE J'ESSAYAIS DE FAIRE, OU LA PIÈCE QUE JE JOUAIS, JE N'AI JAMAIS RÉCOLTÉ UN SEUL APPLAUDISSEMENT NI UN SEUL SOURIRE.
J'AI PENSÉ RENTRER AU PAYS, MAIS DE TOUTES PARTS M'ARRIVAIENT DES INFORMATIONS QUI DISAIENT QUE C'ÉTAIT DEVENU UN EMPIRE GRIS ET SANS VIE, OÙ MUSICIENS ET COMÉDIENS ÉTAIENT PUNIS DE MORT.
J'AI CESSÉ DE CROIRE EN CE QUE JE FAISAIS, CAR ÇA N'AVAIT PLUS DE SENS.
JE N'ARRIVAIS PLUS À FAIRE RÊVER PERSONNE.
C'EST AINSI QUE JE ME SUIS MIS À POURCHASSER LES RÊVES EN ARPENTANT LE CHEMIN OÙ ILS APPARAISSENT LE PLUS FACILEMENT. JE M'Y SUIS ABÎMÉ, CONSCIENT QUE LE RIDEAU S'ABAISSAIT RAPIDEMENT SUR MA VIE.
MAUDIT SOIS-TU, COBRA, MAUDIT SOIS-TU...
IL AVAIT DÉTRUIT MON MODE DE VIE ET, DE MON CÔTÉ, JE DÉTRUISAIS TOUT LE RESTE, RÊVANT À CETTE GLOIRE INCERTAINE : QUE QUELQU'UN RECONNAÎTRAIT MON CADAVRE ET TIENDRAIT COBRA POUR RESPONSABLE.
« LE MONDE A PERDU UN GRAND ARTISTE ». « JAMAIS IL NE FUT ADMIRÉ À SA JUSTE VALEUR »... MES PENSÉES S'EMBRUMAIENT DE CES PHRASES CONSOLATRICES.
JE VOULAIS QUE MON ULTIME INTERPRÉTATION, L'EXPRESSION QUI RESTERAIT À JAMAIS GRAVÉE SUR MON CADAVRE, DONNE LIEU À CE GENRE DE COMMENTAIRES.
BOF
BONNE NUIT, ET ADIEU, Ô PUBLIC TANT AIMÉ.

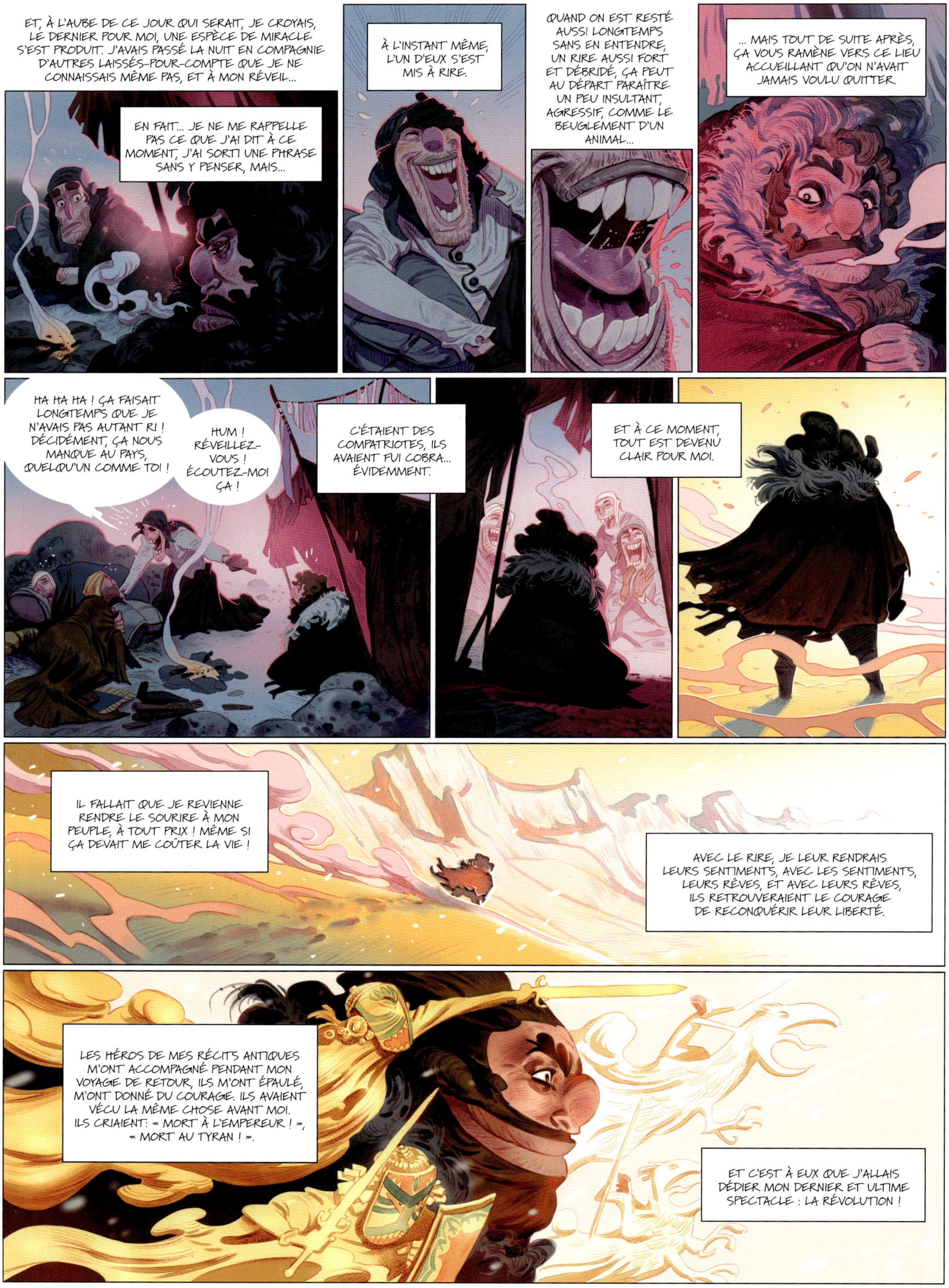
ET, À L'AUBE DE CE JOUR QUI SERAIT, JE CROYAIS, LE DERNIER POUR MOI, UNE ESPÈCE DE MIRACLE S'EST PRODUIT. J'AVAIS PASSÉ LA NUIT EN COMPAGNIE D'AUTRES LAISSÉS-POUR-COMPTE QUE JE NE CONNAISSAIS MÊME PAS, ET À MON RÉVEIL...
EN FAIT... JE NE ME RAPPELLE PAS CE QUE J'AI DIT À CE MOMENT, J'AI SORTI UNE PHRASE SANS Y PENSER, MAIS...
À L'INSTANT MÊME, L'UN D'EUX S'EST MIS À RIRE.
QUAND ON EST RESTÉ AUSSI LONGTEMPS SANS EN ENTENDRE, UN RIRE AUSSI FORT ET DÉBRIDÉ, ÇA PEUT AU DÉPART PARAÎTRE UN PEU INSULTANT, AGRESSIF, COMME LE BEUGLEMENT D'UN ANIMAL...
... MAIS TOUT DE SUITE APRÈS, ÇA VOUS RAMÈNE VERS CE LIEU ACCUEILLANT QU'ON N'AVAIT JAMAIS VOULU QUITTER.
HA HA HA ! ÇA FAISAIT LONGTEMPS QUE JE N'AVAIS PAS AUTANT RI ! DÉCIDÉMENT, ÇA NOUS MANQUE AU PAYS, QUELQU'UN COMME TOI !
HUM ! RÉVEILLEZ-VOUS ! ÉCOUTEZ-MOI ÇA !
C'ÉTAIENT DES COMPATRIOTES, ILS AVAIENT FUI COBRA... ÉVIDEMMENT.
ET À CE MOMENT, TOUT EST DEVENU CLAIR POUR MOI.
IL FALLAIT QUE JE REVIENNE RENDRE LE SOURIRE À MON PEUPLE, À TOUT PRIX ! MÊME SI ÇA DEVAIT ME COÛTER LA VIE !
AVEC LE RIRE, JE LEUR RENDRAIS LEURS SENTIMENTS, AVEC LES SENTIMENTS, LEURS RÊVES, ET AVEC LEURS RÊVES, ILS RETROUVERAIENT LE COURAGE DE RECONQUÉRIR LEUR LIBERTÉ.
LES HÉROS DE MES RÉCITS ANTIQUES M'ONT ACCOMPAGNÉ PENDANT MON VOYAGE DE RETOUR, ILS M'ONT ÉPAULÉ, M'ONT DONNÉ DU COURAGE. ILS AVAIENT VÉCU LA MÊME CHOSE AVANT MOI. ILS CRIAIENT: « MORT À L'EMPEREUR ! », « MORT AU TYRAN ! ».
ET C'EST À EUX QUE J'ALLAIS DÉDIER MON DERNIER ET ULTIME SPECTACLE : LA RÉVOLUTION !

JE VAIS TUER COBRA ! LA RÉVOLUTION EST DÉJÀ EN MARCHE ! SON MESSAGE EST DANS LA RUE !
QUOI ? COMMENT ÇA ?
GRÂCE À CECI !
AH OUI...
...
MAIS QU'EST-CE QUE C'EST, EXACTEMENT ?
TU NE VOIS PAS ? C'EST UNE SOUPE DE COBRA ! MORT AU TYRAN !
AH ! ET LÀ, C'EST DE LA VAPEUR, NON ?
J'AI CRU QUE C'ÉTAIT UNE PLANTE, OU QUELQUE CHOSE COMME ÇA...
JE NE SAIS PAS DESSINER ! MON MÉTIER, C'EST LE THÉÂTRE !
JE NE VOULAIS PAS ME MOQUER DE TOI. EXCUSE-MOI, MAIS JE CROIS QUE LE MESSAGE N'EST PAS TRÈS CLAIR.
ET PROPOSER AUX GENS UNE SOUPE COMME SYMBOLE DE RALLIEMENT...
POUR L'INSTANT, JE ME CONTENTE D'ÉVEILLER LEUR CURIOSITÉ ! IL FAUT PROVOQUER LEUR INQUIÉTUDE, LES RENDRE RÉCEPTIFS À UN NOUVEAU MESSAGE.
ON VA TRAVAILLER ENSEMBLE ! ET REDONNER VIE À CE PAYS !
C'EST AUSSI MON BUT, MAIS JE CRAINS QUE NOS PLANS NE SUIVENT DES VOIES DIFFÉRENTES.
D'ENTRÉE, LA SEULE IDÉE DE METTRE FIN À LA VIE DE QUELQU'UN, MÊME S'IL S'AGIT DE COBRA, ME RÉVULSE ET ME PARALYSE.
MAIS TU N'AURAS PAS À TUER DES GENS ! TOUT CE QUE JE TE DEMANDE, C'EST DE M'AIDER À SECOUER LES ESPRITS POUR SOULEVER LE PEUPLE CONTRE COBRA !

LES GENS DE CE PAYS ONT BEAUCOUP CHANGÉ, MAIS ILS NE SONT PAS AUSSI MALHEUREUX QUE TU LE PENSES.
MALGRÉ TOUT CE QUI S'EST PASSÉ, LE GOUVERNEMENT A STABILISÉ ET MODERNISÉ L'AGRICULTURE, LE COMMERCE ET LES HÔPITAUX.
DANS LES RUES, ON PERÇOIT LA PEUR DES GENS FACE AUX SAUTES D'HUMEUR DE L'EMPEREUR, MAIS EN MÊME TEMPS ILS SE SENTENT EN SÉCURITÉ, ILS SAVENT QU'ILS N'ONT PAS À S'INQUIÉTER DE NOUVELLES INVASIONS, NI DE GUERRES ENTRE ROYAUMES, NI DE LA FAMINE, NI DES ÉPIDÉMIES...
LES CAPRICES PÉRIODIQUES DU COBRA, ILS LES ACCEPTENT COMME LE PRIX À PAYER POUR TOUS CES AVANTAGES, ET ILS S'EN ARRANGENT. TU NE PEUX PAS LEUR DEMANDER DE RENONCER À TOUT ÇA NI DE METTRE LEUR VIE EN JEU EN ÉCHANGE D'UN AVENIR INCERTAIN.
MAIS ON NE PEUT PAS APPELER ÇA UNE VIE ! VIVRE, C'EST BIEN PLUS QUE PASSER SON TEMPS À TRAVAILLER, À MANGER ET À DORMIR ! REGARDE LA TÊTE DES GENS SUR TES TABLEAUX ! DIS-MOI CE QUE TU VOIS !
JE VOIS QUE CE NE SONT PAS DES HÉROS, COMME DANS TES RÉCITS. NI EUX, NI NOUS.
C'EST LÀ QUE TU TE TROMPES. ET DEMAIN SOIR, JE TE LE PROUVERAI !
TU AS DÉJÀ TENTÉ LA CHOSE À TA MANIÈRE ! C'EST À MON TOUR D'ESSAYER MAINTENANT, AVEC MON IDÉE.
PAS LA PEINE DE ME RACCOMPAGNER, JE TROUVERAI LE CHEMIN.

C'EST EXACTEMENT LE MÊME SYMBOLE. AUCUN DOUTE LÀ-DESSUS.
CE QUE JE ME DEMANDE, C'EST...
POURQUOI COBRA A-T-IL PASSÉ DES SEMAINES À CONSTRUIRE CET ÉNORME EMBLÈME, LE SYMBOLE DE MON POUVOIR, À L'INTÉRIEUR DE SON ROYAUME ?
CET HOMME EST UN DÉGÉNÉRÉ, UN ÊTRE DANGEREUX PAR SA NATURE MÊME. CE SYMBOLE FAIT CERTAINEMENT PARTIE D'UN PLAN DONT L'OBJECTIF EST D'OFFENSER VOTRE GRANDEUR, SIRE.
Pff...
HA HA HA ! AH, LES FEMMES... PRUDENCE ET JALOUSIE ! HA HA HA !
NOUS LES HOMMES, NOUS VOYONS UN PEU PLUS LOIN. UN HOMME PEUT EN CONSIDÉRER UN AUTRE COMME UN MODÈLE ADMIRABLE ET SUBLIME, MÊME S'IL EST SON ENNEMI.
QU'EN PENSE MON NOUVEAU JEUNE CONSEILLER ?
VOUS AVEZ RAISON, SIRE, VOUS MÉRITEZ AMPLEMENT CET HOMMAGE. N'IMPORTE QUEL HOMME RÊVERAIT D'ÊTRE COMME VOUS...
COMME MOI, HEIN ?
JE TE TIENS, MAUDIT PERVERS...
QUEL MERVEILLEUX INSTRUMENT ! IL DONNE À L'ŒIL DES AILES ET LUI PERMET DE VOLER À UNE DISTANCE INCROYABLE !
ALLEZ-VOUS FAIRE FEU, SIRE ?
NON, CE SERAIT TROP FACILE.

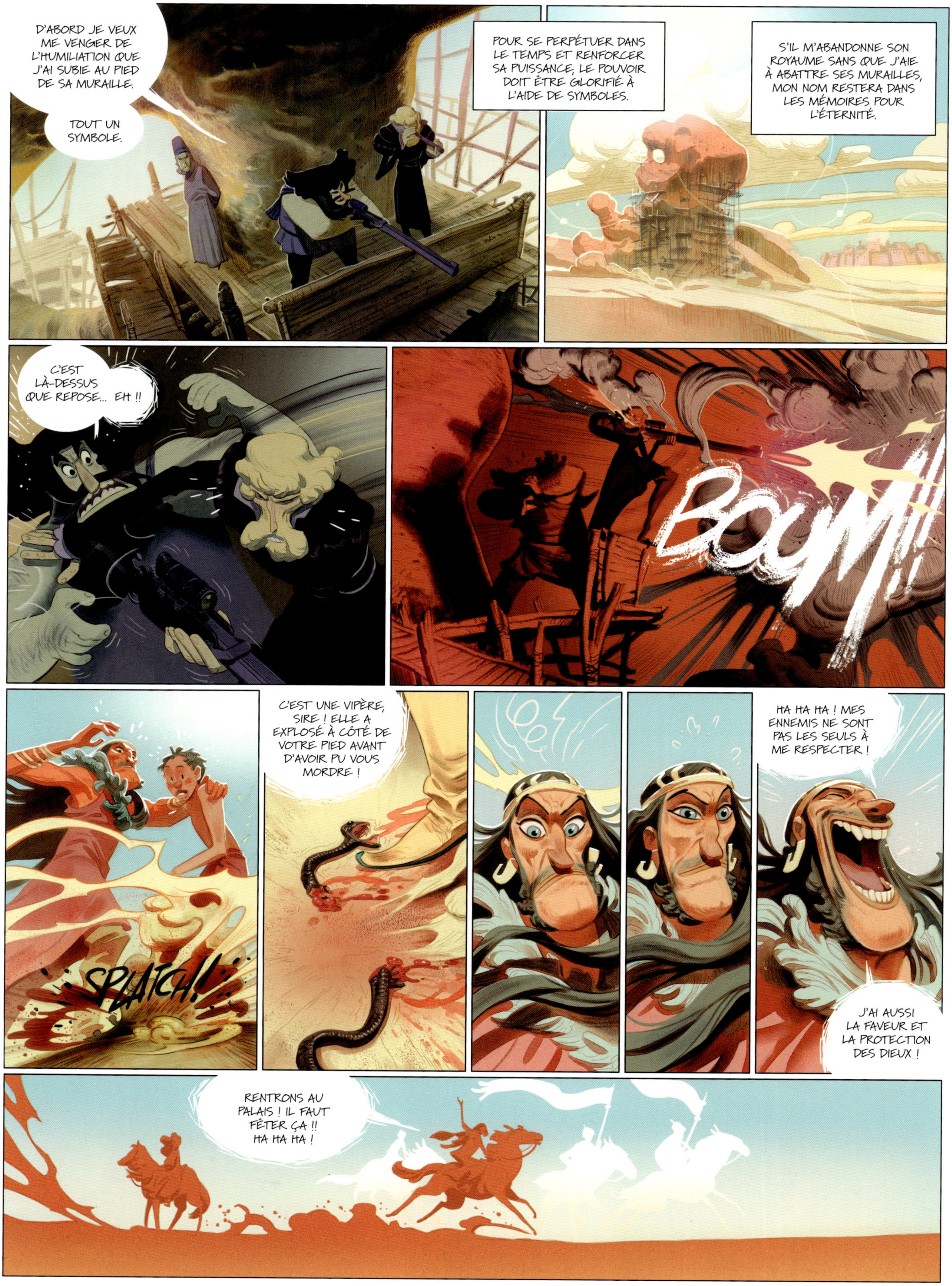
D'ABORD JE VEUX ME VENGER DE L'HUMILIATION QUE J'AI SUBIE AU PIED DE SA MURAILLE.
TOUT UN SYMBOLE.
POUR SE PERPÉTUER DANS LE TEMPS ET RENFORCER SA PUISSANCE, LE POUVOIR DOIT ÊTRE GLORIFIÉ À L'AIDE DE SYMBOLES.
S'IL M'ABANDONNE SON ROYAUME SANS QUE J'AIE À ABATTRE SES MURAILLES, MON NOM RESTERA DANS LES MÉMOIRES POUR L'ÉTERNITÉ.
C'EST LÀ-DESSUS QUE REPOSE... EH !!
BOUM !!
SPLATCH !
C'EST UNE VIPÈRE, SIRE ! ELLE A EXPLOSÉ À CÔTÉ DE VOTRE PIED AVANT D'AVOIR PU VOUS MORDRE !
HA HA HA ! MES ENNEMIS NE SONT PAS LES SEULS À ME RESPECTER !
J'AI AUSSI LA FAVEUR ET LA PROTECTION DES DIEUX !
RENTRONS AU PALAIS ! IL FAUT FÊTER ÇA !! HA HA HA !

BOUM !!! BOUM !!! BOUM !!!
BOUM
BOUM
...
J'ESPÈRE QUE, LA PROCHAINE FOIS, LES DIEUX NE VISERONT PAS AUSSI BIEN...
HA HA HA !! MAGNIFIQUE ! QUELLE PRÉCISION DE TIR EXTRAORDINAIRE !! BOUM !!! BOUM !!!
BOUM, ET UNE VIPÈRE MORTE ! HA HA HA ! BOUM ! BOUM ! BARASI, ÉCOUTE-MOI ATTENTIVEMENT !
VOTRE MAJESTÉ ?
QUAND TOUT SERA PRÊT, JE VEUX ÊTRE APPELÉ L'EMPEREUR « BOUM », CE SERA LE NOM DU SOUVERAIN DES SEPT ROYAUMES. TU TE CHARGERAS DE TOUT ÇA. BOUM ! BOUM ! HA HA HA HA !
IL EN SERA FAIT SELON VOTRE VOLONTÉ, SIRE.
BOUM !! BOOOUM !! HA HA HA !!!
...
IL N'Y A DONC PERSONNE DANS TOUT LE ROYAUME QUI SOIT PRÊT À TENIR TÊTE À CET IMBÉCILE ?

SSSSSSH...
TCHINK
TCHINK
TCHINK
TCHINK
TCHINK
SSSSSH....
TCHINK
TCHINK
TCHINK
KOF..
KOF...
BRRRANG-GA-RANG!!
GA-RRAANG!
TCHINK
TCHINK
TCHINK
TCHINK
TCHINK
FISSH...
SSSSH...
FISSH...
SSSSH...
BOMF!!!
TCHINK
TCHINK
TCHINK
TCHINK
BOMF!!!
KOF
KOF
KOF

FSSSSSH!!
FSSSSSH!!
ha! ha! ha!

TCHINK TCHINK
TCHINK
TCHINK
?
!!
KSSSH!!
KSSSH!!
KSSSH!!
BOMF!
BOMF!
BOMF!
BOMF!
BOMF!
BOMF!

HÉ HÉ... C'EST ÇA, ESSAYEZ TOUJOURS DE ME TROUVER, HÉ HÉ...
POF !
ALORS C'EST ÇA, TA GRANDE RÉUSSITE ? MAINTENANT LES SOLDATS RENFORCERONT LEUR PRESSION SUR LA POPULATION JUSQU'À CE QUE QUELQU'UN LEUR DONNE UNE PISTE POUR TE RETROUVER !
IL N'Y A PAS DE QUOI RIRE ! TU N'AS FAIT QU'EMPIRER LA SITUATION !
OH, JE VOIS QUE MON SPECTACLE N'A PAS EU L'HEUR DE TE PLAIRE, DOMMAGE.
JE TE L'AVAIS DIT, LA RÉVOLUTION EST EN MARCHE. ET LA PROCHAINE FOIS, J'UTILISERAI DE LA VRAIE POUDRE. AUJOURD'HUI, J'AURAIS PU LIQUIDER UNE BONNE DOUZAINE DE SOLDATS, À MOI TOUT SEUL !
BRAVO ! TU ES DEVENU LE HÉROS QUE TU RÊVAIS D'ÊTRE ! ET ENSUITE ?
JE N'AI PAS TOUT PLANIFIÉ EN DÉTAIL, MAIS ÇA RESSEMBLERA À ÇA...

REGARDE BIEN CES DEUX-LÀ. ILS ONT ENVIE DE DANSER.
LEURS ÂMES SAVENT CE QU'EST LA MUSIQUE, MAIS LEURS CORPS NE L'ONT JAMAIS PERÇUE DE CETTE FAÇON, ET ILS NE SAVENT MÊME PAS COMMENT BOUGER...
COBRA VA CRÉER UNE GÉNÉRATION D'ÊTRES AUSSI VIDES QUE LUI.
QU'EST-CE QUE TU EN DIS ?

IL NOUS FAUT UN PLAN.
UN PLAN QUI NOUS PERMETTE D'APPROCHER COBRA EN GAGNANT SA CONFIANCE, POUR QUE SES GARDES N'AIENT AUCUN SOUPÇON DE NOTRE PROJET D'ASSASSINAT.
IL FAUDRAIT AUSSI ÉLIMINER LA GARDE, POUR ÉVITER L'APPARITION DE NOUVEAUX CACIQUES.
ON N'A PAS D'ARMÉE ET ON N'EST PAS CERTAINS DE TROUVER DES VOLONTAIRES AU SEIN DE LA POPULATION...
ET MÊME S'IL Y EN AVAIT, ON NE POURRAIT PAS LES ENTRAÎNER. ON N'EST PAS DES GUERRIERS, IL FAUT QU'ON AGISSE AVEC CE QU'ON SAIT FAIRE.
ON N'EST PAS NON PLUS DES HOMMES DE GOUVERNEMENT, DONC SI LE PLAN FONCTIONNE, ON DEVRA RÉFLÉCHIR À QUI INSTALLER AUX COMMANDES ET COMMENT.
PEUT-ÊTRE QU'UN GOUVERNEMENT ÉTRANGER POURRAIT NOUS AIDER ?
SI ON PEUT LEUR GARANTIR QUE LE TYRAN A ÉTÉ RENVERSÉ, BIEN SÛR.
CE QUI ME FAIT PENSER QUE...
AU COURS DE MON VOYAGE DE RETOUR AU PAYS, J'AI RENCONTRÉ UN ÉTRANGER DANS UNE AUBERGE. UN TYPE BIZARRE.
IL AVAIT L'AIR DE BIEN CONNAÎTRE LE MANIEMENT DES NOUVELLES ARMES, ET COMME IL VENAIT D'UN AUTRE PAYS, J'AI PENSÉ QUE JE POUVAIS PARLER AVEC LUI PLUS LIBREMENT, ET PEUT-ÊTRE MÊME M'EN FAIRE UN ALLIÉ POUR MON COMBAT.

IL AVAIT UN ASPECT EXOTIQUE, UNE PEAU BLANCHE ET DES CHEVEUX DORÉS. SES YEUX ÉTAIENT BLEU CLAIR, MAIS SON REGARD ÉTAIT SI SOMBRE QU'ON AURAIT DIT LE CIEL SE REFLÉTANT DANS L'EAU AU FOND D'UN PUITS.
IL NE M'A PAS DIT SON NOM. APPAREMMENT, SON BATEAU AVAIT FAIT NAUFRAGE PRÈS DE LA CÔTE. UN PROBLÈME AVEC LA POUDRE QU'ILS TRANSPORTAIENT À BORD.
LA POUDRE, C'ÉTAIT LA SEULE CHOSE QUI L'INTÉRESSAIT, ET APRÈS QUELQUES INSTANTS DE CONVERSATION, JE DIRAIS MÊME QUE C'ÉTAIT SON OBSESSION. DANS SON PAYS, IL ÉTAIT MAÎTRE ARTIFICIER, ET IL FAISAIT CE VOYAGE POUR TROUVER LES MEILLEURES POUDRES. IL PENSAIT POURSUIVRE SA ROUTE VERS L'EST... JUSQU'AU MOMENT OÙ J'AI FAIT UN COMMENTAIRE SUR COBRA.
TOI QUI T'INTÉRESSES TANT À LA POUDRE, IL FAUT QUE TU FASSES LA CONNAISSANCE DU SOUVERAIN DE CE PAYS : LUI, IL LA MANGE POUR S'IMPRÉGNER DE SON POUVOIR !
UN HOMME QUI MANGE DE LA POUDRE...
ET MALGRÉ ÇA, IL Y A PEU DE CHANCES QU'IL EXPLOSE EN MILLE MORCEAUX ! HA HA HA !
TU TE MOQUES DE TON ROI, TU NE ME PARAIS PAS ÊTRE UN SUJET TRÈS LOYAL...
JE N'AI PAS DE ROI !!!
POM!
J'AI UN EMPEREUR !

NE ME REGARDE PAS AVEC CES YEUX-LÀ...
CHAQUE FOIS QUE J'Y REPENSE, JE ME DÉGOÛTE TELLEMENT D'AVOIR DIT ÇA POUR ME TIRER D'AFFAIRE !
CURIEUSE FAÇON DE COMMENCER LA RÉVOLUTION !
REVENONS À MON HISTOIRE : À CE QU'ON DIT, CET ÉTRANGER FAIT AUJOURD'HUI PARTIE DE L'ENTOURAGE LE PLUS PROCHE DE COBRA. ON DEVRAIT FAIRE LA MÊME CHOSE POUR GAGNER SA CONFIANCE.
SE FAIRE PASSER POUR DES MAÎTRES FORGERONS, DES CHARPENTIERS...
CE N'EST PAS UNE MAUVAISE IDÉE, ET C'EST PEUT-ÊTRE LE BON MOMENT.
TU AS ENTENDU PARLER DU GRAND MONOLITHE AVEC LE SYMBOLE DE NUMBASA ?
OUI, MAIS JE NE SUIS PAS ALLÉ JUSQUE LÀ-BAS POUR LE VOIR. C'EST DONC VRAI ? IL EST EN TRAIN DE LE CONSTRUIRE ?
IL EST PRATIQUEMENT TERMINÉ, ET C'EST UN ÉDIFICE À L'ALLURE TRÈS INQUIÉTANTE. MAIS CE QUI EST PLUS MYSTÉRIEUX ENCORE, C'EST CE BÂTIMENT CACHÉ TOUT PRÈS DU MONOLITHE, ET DONT PERSONNE N'A ENTENDU PARLER...
COBRA A BÂTI TOUT AUTOUR UN PETIT VILLAGE FORTIFIÉ POUR LES CENTAINES D'ESCLAVES QUI TRAVAILLENT À LA CONSTRUCTION. MÊME MOI, JE N'AI PAS RÉUSSI À Y ENTRER.

EN REVANCHE, J'AI RÉUSSI À VÉRIFIER QUEL TYPE DE MATÉRIAUX ON Y AMÈNE NUIT ET JOUR.
ET LA TRÈS GRANDE MAJORITÉ DES LIVRAISONS, CE QUI ARRIVE EN QUANTITÉS ASTRONOMIQUES, JE TE LAISSE DEVINER CE QUE C'EST...
DE LA POUDRE !
DE MA VIE, JE N'AI JAMAIS VU DE TELLES RÉSERVES.
SI UN FABRICANT D'ARMES OBSÉDÉ PAR LA POUDRE S'ASSOCIE À COBRA, AVEC SES RESSOURCES ILLIMITÉES ET SON OBSESSION POUR LES GRANDS SYMBOLES DE POUVOIR...
ÇA TE DONNE UNE IDÉE DE CE QUE PEUT RENFERMER CE GRAND BÂTIMENT ?

UNE ARME TELLEMENT ÉNORME ET PUISSANTE QUE D'UN SEUL TIR, ELLE FERAIT VOLER EN ÉCLATS LES PORTES DE L'ENFER.
COBRA N'EST PAS ENTRÉ EN GUERRE DEPUIS DES ANNÉES.
S'IL RETOURNE AU CHAMP DE BATAILLE, CE SERA AVEC LES GRANDS MOYENS. UN VÉRITABLE SPECTACLE DÉDIÉ À SES ENNEMIS.
HUM....
QUOI ?
RIEN, RIEN...
ALLEZ, VAS-Y...
HA-HA-HAA!!!
ARRÊTE.
HUM...
NON, LAISSE TOMBER.
J'AI EU UNE IDÉE DE FOU, LE PLAN PARFAIT...
MAIS ?
... MAIS POUR LE METTRE À EXÉCUTION, IL FAUDRAIT ÉNORMÉMENT D'ARGENT !!! ET JE NE SUIS PLUS L'ACTEUR NANTI QUE J'ÉTAIS, PAR LA FAUTE DE CE MAUDIT COBRA !
PLOUF!
C'EST ÇA LE PROBLÈME !!
?
PEU IMPORTE, EXPLIQUE-MOI TON PLAN.
BLOP
BLOP
DONNE-MOI LE MAXIMUM DE DÉTAILS, DIS-MOI EXACTEMENT CE DONT ON A BESOIN, ET LE DÉROULEMENT DES OPÉRATIONS.
SI TU RÉUSSIS À ME DÉMONTRER QUE C'EST UN PLAN PARFAIT, NE T'EN FAIS PAS POUR L'ARGENT, MÊME SI C'EST UNE SOMME DÉMENTIELLE.
BLOP
BLOP
BLOP
PARCE QUE DE CE CÔTÉ-LÀ, MOI AUSSI J'AI UN PLAN.

FIN DE LA PREMIÈRE PARTIE.

Du même auteur

Chez le même éditeur

L'ÎLE SANS SOURIRE

Prix de l'Aube – Prix Tibet 2010
décerné au 24e Salon Régional du Livre pour la Jeunesse de Troyes

Prix ActuaBD / Conseil Général des Jeunes de Charente 2010
décerné au Festival International de la Bande Dessinée d'Angoulême

Médaille d'argent aux 4e International Manga Awards, décernée à Tokyo

Aux éditions DELCOURT

LE MAGICIEN D'OZ

(3 volumes - scénario de David Chauvel, d'après L. Frank Baum)

LA MÈRE DES VICTOIRES

LES CHRONIQUES DE SILLAGE

(volume 3 - collectif, scénario de Jean David Morvan & Philippe Buchet)

Aux éditions SOLEIL

SKYDOLL : LACRIMA CHRISTI COLLECTION

(collectif, scénario de Barbara Canepa & Alessandro Barbucci)

AURORE

Aux éditions du CHÊNE

SKETCHTRAVEL

(collectif)

Retrouvez le travail d'Enrique Fernández sur son blog http://enriquefernandez0.blogspot.com/

Soyez avertis de la parution des nouveautés en vous connectant sur www.glenatbd.com

Éditions Glénat - Couvent Sainte-Cécile - 37 rue Servan - 38000 GRENOBLE
Dépôt légal : avril 2012
I.S.B.N. 978-2-7234-7925-7
Achevé d'imprimer en avril 2012 par Lesaffre sur papier provenant de forêts gérées de manière durable.